Collection
« GRIMOIRES et MANUSCRITS »

ARDÈCHE
Sombres histoires dont personne ne parle

Régis Volle

ARDÈCHE
Sombres histoires dont personne ne parle

© 2023, Régis Volle
ISBN : 978-2-3224-8362-4
Dépôt légal : juin 2023

Édition : BoD - Books on Demand, info@bod.fr
Impression : BoD – Books on Demand, In de Tarpen 42, Norderstedt (Allemagne)
Impression à la demande

Le code de la propriété intellectuelle interdit les copies ou reproductions destinées à une utilisation collective. Toute représentation ou reproduction intégrale ou partielle faite par quelque procédé que ce soit, sans le consentement de l'auteur ou de ses ayants droit ou ayants cause, est illicite. Et, constitue une contre façon sanctionnée par les articles : L 335-2 et suivants, du Code de la propriété intellectuelle.

SOMMAIRE

Préambule 11
Ils voulaient vivre leur amour 13
Meurtre à Tournon 24
Dérives 33
Sale histoire à Annonay 37
Fanon, Lucien et Le Chien 45
Attention ! Il est dangereux d'ouvrir sa porte 52
Des morts bénéfiques ! 60
Un vacancier à éviter 68
Elle était simple et heureuse 72
Une nouvelle orientation 79
L'auteur 87

Remerciements

Mes vifs remerciements, pour la création de la couverture, à Gérard Brunet, Aquarelliste indépendant - Peintre des Montagnes et Portraitiste Coloriste. Dans son monde émotionnel, il donne vie aux sujets qui le touchent.

Merci à Patricia Panneullier, correctrice-relectrice et assistante en autoédition, pour son travail.

Merci à mes proches, amis… pour leur soutien et les débats animés qui me donnent l'envie de coucher mes réflexions sur le papier.

Préambule

Les histoires de ce recueil sont inspirées de faits réels. Pour autant, et bien qu'elles soient romancées (profondément pour certaines), elles ne sont pas encore des légendes. Les vrais noms des personnages n'apparaissent que rarement, hormis ceux qui resteront tristement célèbres, exemple : Pierre Conty, le « tueur fou de l'Ardèche », l'ennemi public numéro 1 de l'année 1977.

Beaucoup de familles ont encore ces histoires en mémoire, et pour certaines, la douleur est toujours vive. Nous comprenons qu'elles n'aient pas envie de les retrouver étalées sur la place publique et encore moins que, par le bouche-à-oreille, elles soient fortement dénaturées ou portent atteinte à la mémoire des défunts. Il m'a même été demandé par plusieurs familles que les noms des lieux où les drames se sont déroulés ne soient pas cités.

Ils voulaient vivre leur amour

Dans les années cinquante, sur les hauts plateaux de l'Ardèche les chutes de neige étaient très abondantes, beaucoup plus qu'aujourd'hui. Aussi, il était courant que les fermes les plus reculées restent isolées durant plusieurs mois. Vous comprendrez que dans ces prisons noires de fumées, perdues dans un univers blanc immaculé où même les sons sont étouffés, ne pas voir d'autres visages que ceux de ses proches pouvait, jour après jour, comme les vieux le disaient si bien : « vous déranger le ciboulot ». Aussi, lorsque les routes devenaient à nouveau praticables, le premier travail des gendarmes était de se rendre dans ces fermes-là. En effet, il n'était pas exceptionnel de constater que des jeunes filles étaient nouvellement enceintes. Dans ce cas, ils se devaient de faire parler toutes les personnes présentes afin de trouver qui était le père. Ce n'était pas facile, loin de là, car non seulement le qu'en-dira-t-on était puissant, mais lorsque c'était le mal de l'isolement qui s'était installé, la Grande Faucheuse était toujours cachée dans la grange, attendant patiemment le bon moment pour faire son entrée en scène. Aussi, il n'était pas rare que le suicide se présente comme étant la seule fuite en avant acceptable.

S'il s'agissait du garçon de ferme, deux questions incontournables se posaient : est-ce que la fille était consentante, et est-ce que son âge lui permettait de goûter aux plaisirs de la vie sans se trouver hors-la-loi. Si ces conditions étaient réunies, ils n'avaient pas à intervenir. Dans les autres cas, tous les autres, ils devaient menotter le transgresseur et l'emprisonner en attendant la décision du juge.

L'histoire que je vais vous conter s'est déroulée dans cette contrée, là où en hiver, la burle souffle fort, si fort qu'elle pique toutes les parties du corps qui n'en sont pas protégées.

La scène se passe dans la ferme des Marchand. Un couple d'une cinquantaine d'années qui a eu une fille sur le tard. Aujourd'hui, c'est son anniversaire, Marie a 14 ans. Toujours le sourire aux lèvres, la jeune fille a la particularité d'être belle, déjà bien formée et, disons-le franchement, elle fait bien deux ou trois ans de plus que son âge. Le couple n'a pas eu d'autres enfants. Ils ont bien essayé, mais le seul cadeau que la nature a bien voulu leur faire, c'est cette fille, toujours agréable et vaillante. Elle est travailleuse, certes, mais malgré sa bonne volonté, ses bras ne suffisent pas à compenser les effets de l'usure sur ses parents. Aussi, pour combler ce manque, ils ont embauché un garçon de ferme. Il y a une vingtaine d'années, Marchand avait connu son père alors qu'il cherchait une bonne lignée de vache laitière. Aussi, lorsqu'il avait su que son fils Jean cherchait du travail, il n'avait pas hésité et l'avait embauché. Pourquoi ? Tout simplement parce qu'il avait apprécié la droiture et l'honnêteté du père et pensait que le fils d'un tel homme ne pouvait pas être déluré et feignant.

En effet, ce garçon est vaillant, robuste, tout sauf bête, et Marie dit sans hésiter : « Il est beau garçon ! ». Il lui plaît, elle ne s'en cache pas, et bien que la réciproque soit tout aussi vraie, depuis ses six mois de présence, Jean a toujours su garder ses distances d'avec Marie. Ils discutent, rient et affichent sans ambiguïté qu'ils font plus que s'apprécier. D'ailleurs, depuis peu, ils ont annoncé qu'ils sont amoureux l'un de l'autre et que, dans deux ans, lorsque Marie aura 16 ans et lui 20, ils se marieront. Mais les choses de la vie n'en font qu'à leurs têtes, c'est bien connu et toujours vrai !

L'hiver 1956 s'est présenté beaucoup plus tôt que d'habitude. Les gros froids qui, les années précédentes, régnaient de mi-janvier à mi-février, aujourd'hui sont là et bien là alors que nous ne sommes que début décembre. Heureusement, le père Marchand n'est pas du genre à laisser les caprices du temps imposer sa loi. Aussi, malgré les remarques que sa femme lui fait chaque année, à la même période, il a pris l'habitude de faire ses réserves en supposant que l'hiver sera plus rigoureux que celui de l'an passé. Ainsi, les animaux et les humains de la ferme ne manqueront de rien.

Il en est fier de ses prévisions, contrairement à celles de toutes les autres fermes qui aujourd'hui sont vraiment inquiètes... Elles le sont au point que certaines envisagent d'abattre la bête la plus vieille dès ce début de l'hiver pour que les plus jeunes et les humains ne se trouvent pas en manque. Lorsque l'hiver s'impose, l'humain ne dispose plus.

Les semaines et les mois passèrent et jamais, de mémoire d'anciens, les températures ne descendirent aussi bas. Seuls les étables et les dessous de poutres des cheminées permettaient de se garder du froid si aucun autre corps ne venait se coller contre vous. Aussi, ce ne fut pas une surprise ni une attitude choquante de voir Marie et Jean se presser l'un contre l'autre lorsque le travail était terminé... mais ce fut plus délicat lorsque Marie annonça à sa mère qu'elle était peut-être enceinte. Pour être sûre, Marie expliqua, sa mère écouta avec attention et finalement confirma qu'elle l'était.

Tous étaient assis autour de la table. Le père et la mère d'un côté, Marie et Jean de l'autre. Malgré la chanson du feu qui crépitait fort et la chaleur qui s'en dégageait, l'ambiance était un peu tendue. Un silence gêné s'était installé et personne ne semblait avoir le courage de le briser. Après avoir pris une grande inspiration, Marie se lança...

« Voilà, les choses sont finalement assez simples. Jean et moi, nous nous aimons... et comment dire, nous nous aimons vraiment ! Ce n'est pas une passade, une envie de découvrir les plaisirs de la vie et de passer à autre chose... non, nous c'est sérieux, et pour qu'il n'y ait pas de malentendu, nous voulons vivre le restant de nos jours ensemble. Maintenant, comme je l'ai dit à maman, je suis enceinte. Avec Jean, nous en avons parlé sérieusement et aucun de nous deux ne voudrait agir comme si notre bébé était une erreur.

En disant ces mots, les mains de ces deux grands enfants se trouvèrent naturellement, comme pour accentuer cette évidence.
- Je vois bien que vous êtes attachés l'un à l'autre, dit le père, mais croyez-moi, le déroulement de nos vies ne suit jamais un chemin bien droit, ça non... jamais. Il y a toujours des rochers qui surgissent de nulle part et qui se posent en plein milieu de la route. Ils vous obligent à faire des détours, des contours et parfois même, à rebrousser chemin. C'est la vie ! et elle nous impose toujours ses péripéties. Tout ça pour vous faire remarquer que vous êtes jeunes, et toi Marie très jeune ! Enfin... sans vouloir vous fâcher, il est possible que votre inexpérience vous joue un tour de cochon dans les années à venir ! Vous comprenez ce que je veux vous dire ?
- Oui papa, nous savons... enfin, plus Jean que moi, puisque l'été dernier, avant de venir à la ferme, il a déjà fait connaissance avec une fille. Mais nous n'avons pas peur des obstacles ni de la tentation de Satan qui se présentera à nous, c'est sûr, sous un physique attrayant.
- Monsieur, dit Jean d'une voix ferme et posée, je confirme ce que vous dit Marie, et je précise que l'aventure que j'ai vécue n'avait comme objectif que de découvrir la vie... et la fille concernée voulait elle aussi faire cette expérience. Tout ça pour vous dire que ce n'était pas une passade après un coup de foudre, non, rien de tout ça, aucun autre sentiment dans cette relation que de se plaire et d'en profiter puisqu'elle était sans avenir.
- Oui, je comprends... mais ce ne sera pas votre seul problème, et pour être plus clair, ce ne sera pas notre seul problème à tous. À la sortie de l'hiver, les gendarmes vont venir, et toi, Jean, ils vont t'emmener et te

garder en prison jusqu'à ce que le juge prenne une décision... tu le sais !

- Oui, nous sommes au courant. Il n'est pas rare qu'aux premières fontes des neiges les prisons soient occupées pour cette raison. Mais nous savons aussi que le juge peut tenir compte du fait que nous sommes tous les deux consentants et que nous nous aimons !

- Oui, oui, nous savons tout ça... mais rien n'alimentera Marie en nombre d'années ! Il ne faut pas écarter d'un revers de la main que si le juge s'en tient au respect de la loi, ce qui signifierait qu'il ne ferait que son travail, tu seras emprisonné pour de longues années. Tu comprends ? Le risque est important !

- Papa, de ça aussi nous en avons parlé et nous sommes prêts à prendre ce risque. Et... pour que les choses soient bien claires pour tout le monde, compris le juge, pour nous, il n'est pas imaginable de faire passer cet enfant. »

Se tournant vers Jean, elle ajouta avec douceur et tendresse :
« Il est le fruit de notre amour. »

Ceci dit, la discussion semblait close.
« Ta mère et moi, dit le père, c'est tout ce que nous espérons. »

L'hiver prit son temps... ce ne fut que fin mars que le dégel s'imposa presque brutalement. Aussi, contrairement aux autres années, avril fut doux et agréable. Ce fut de bons augures pour Jean, car comme ils l'avaient tous prévu, lorsque les gendarmes se présentèrent à cheval, car les routes et chemins étaient encore difficilement praticables, ils ne purent faire autrement que d'emmener Jean en prison.

Marie regarda son homme s'éloigner, les mains liées par des menottes, attachées à un cheval avec une corde. Il se retourna plusieurs fois, le visage souriant, promettant à sa chère et tendre qu'il fera tout pour revenir vivre à ses côtés le plus rapidement possible.

Jean fut d'abord incarcéré dans les geôles du château d'Aubenas, puis rapidement transféré à la maison d'arrêt de Privas.

« La loi, c'est la loi ! » affirma haut et fort le juge chargé de punir ceux qui ne la respectaient pas.

Marie écrivit à ce juge inflexible, mais il ne put prendre en compte sa demande, car elle était trop jeune. Ce fut donc le père de Marie qui, par son statut de chef de famille, écrivit au juge pour faire valoir ses arguments. Le premier de tous était que ces personnes, qui certes étaient jeunes, s'aimaient tant que rien ni personne ne pouvait s'opposer à leur amour. Mais le juge répondit une nouvelle fois que la loi était la loi, que ce n'était pas un sentiment qui pouvait en modifier son application... à plus forte raison un sentiment éprouvé par de très jeunes personnes.

Le temps passait, et malgré les courriers et les interventions de personnes influentes, compris celle du député, rien ne faisait fléchir ni même réfléchir différemment à la situation ce juge. Inlassablement, il répétait que la loi était la loi et que si celle-ci était mauvaise, il fallait la changer. Étant surchargé de travail, il ne put fixer la date du jugement de cette affaire qu'un an après le constat des conséquences de l'acte, c'est-à-dire un an compté à partir du jour de l'arrestation de Jean.

Aujourd'hui, Marie va enfin pouvoir rendre visite à son Jean. Après moult démarches, le père Marchand a obtenu cette autorisation alors que le juge rechignait. En effet, à ses yeux, cette visite portait préjudice à un bon jugement. Elle laissait sous-entendre que la jeune Marie allait rendre visite à son futur mari, le père de son enfant à naître, et que cette situation était tout à fait normale.

Le ventre de Marie est bien proéminent, tout en avant. Les sages-femmes et le médecin lui ont dit que cela devrait être un garçon. Robuste de nature, Jean ne voulait pas perdre de ses capacités, aussi, tous les jours, il faisait des exercices physiques. Et puis, pour Marie et son enfant, il ne voulait pas se laisser aller. Il voulait se montrer fort, puissant, indestructible, même face à une justice qu'il était parfois difficile de comprendre.

Lorsqu'il vit entrer Marie dans la pièce réservée aux visites, en tenant son ventre de 7 mois, il se sentit rougir et des larmes dévalèrent sur ses joues sans qu'il puisse les retenir. Il voulait la prendre dans ses bras, mais il n'osait pas, il avait peur de leur faire mal à tous les deux... C'est elle qui se jeta contre lui. Ils se serrèrent l'un contre l'autre et restèrent ainsi durant tout le temps dont ils disposaient.

Lorsque le geôlier fit son entrée pour leur signaler que la visite était terminée, la tristesse et la douleur de la séparation furent difficiles, très difficiles à supporter.

Une fois ses amours partis, Jean sentit la rage monter en lui... les murs n'auraient pas été aussi épais et si résistants, il les aurait pulvérisés sans se poser plus de questions. Des personnes auraient cherché à l'entraver, il les aurait démolies de la même manière.

Seuls les pompes, abdominaux et autres supplices physiques lui permirent de, doucement, faire baisser la pression meurtrière qui s'était installée en lui.

Durant la période d'attente du procès, Jean ne fut autorisé que deux fois à voir sa future femme et son fils, maintenant bien né, prénommé Jean, comme lui.

Le jour du procès, tous étaient présents, même ses parents qui pour l'instant lui écrivaient régulièrement, mais ne voulaient pas lui rendre visite tant ils lui en voulaient de ne pas avoir été capable de bien se tenir.

Les deux avocats firent correctement leur travail, l'un demandant dix ans de prison, peine prévue par la loi, l'autre la relaxe pure et simple à la raison que ce couple, certes très jeune, était déjà parfaitement mature et prêt à assumer son rôle de parents.

Alors que tout le monde s'attendait à ce que ce juge, réputé pour être intransigeant, réputé pour appliquer strictement la loi, quelles qu'en soient les conséquences, annonce son jugement sans même se retirer afin de réfléchir sereinement, ce juge prit son temps avant d'annoncer le verdict.

Il se retira et laissa la salle en attente durant une heure... deux heures... trois heures...

Finalement, le greffier se déplaça, inquiet d'un éventuel problème, mais il revint rapidement, visiblement soulagé.

Une minute après, le juge entra enfin dans la salle. Il avait le visage grave, à l'évidence il n'était pas serein. Il s'installa sur son fauteuil. L'assemblée suivait des yeux ses mouvements et attendait... mais rien ne se passait. Le juge regardait silencieusement la foule, elle était si nombreuse qu'elle débordait de la salle d'audience. Avec ce silence qui n'avait pas sa place dans ce temps-là, les bouches se mirent à murmurer. Comme les oreilles avaient entendu et que les pensées du juge ne voulaient toujours pas être partagées, les murmures s'amplifièrent et se transformèrent en paroles. Il fallait que le représentant de la loi s'impose, qu'il déclare haut et clair ce qui sera la conséquence de la justice des hommes ! Alors que dans certaines bouches, les paroles devenaient fortes, le juge s'exprima enfin. D'une voix grave et puissante il parla ainsi...

« J'aurais pu appliquer avec rigueur les écrits de la loi. J'aurais pu ne pas me poser plus de questions, voire ne pas m'en poser du tout. J'aurais pu faire simple et limpide, comme le sont nos lois. J'aurais pu... oui, j'aurais pu, mais ce n'est pas ce que j'ai fait. La loi est limpide, certes, mais est-ce que nos vies le sont ? Non, malheureusement jamais ou presque jamais. Est-ce que la loi est applicable brutalement, quelle que soit la situation ? Non, ce pour quoi les jurisprudences existent. Mais là encore, est-ce qu'une situation à Lille est transposable à Marseille ? Sur papier oui, mais en réalité ? Et bien en réalité non, car les modes de vie et de pensées sont différents. Aujourd'hui, l'avocat général propose une peine de dix ans de prison pour le dénommé Jean à la raison qu'il aurait profité d'une situation particulière envers une jeune fille, trop jeune pour être entendue et écoutée. Mais sur quelle base la considère-t-on comme trop jeune ? Sur son âge, pas sur sa maturité. Aujourd'hui, la loi se trouve être confrontée à sa propre application, celle que l'on nomme la justice. La question que je me suis posée est : est-il juste d'appliquer la loi à la lettre, sans tenir compte des circonstances et des personnalités de ceux qui les ont vécues ? Le non s'est immédiatement imposé à moi. Aussi, j'ai regardé la situation sous un autre angle et j'ai obtenu un peut-être. J'ai réalisé le même exercice en le regardant par-dessus, puis une autre fois par-dessous et ainsi de suite... ce qui a pris un peu de temps, vous vous en êtes aperçu. Voici mes conclusions :

Considérant que la loi est la loi.

Considérant la maturité du dénommé Jean.

Considérant la maturité de sa compagne et mère de son enfant, la dénommée Marie.

Considérant les circonstances météorologiques particulièrement difficiles qu'ils ont vécues.

Considérant qu'avant ces mêmes circonstances, Jean et Marie avaient déjà pris la décision de se marier dès que Marie en aurait l'âge légal.

Considérant que monsieur et madame Marchand, parents de Marie, ont constaté, et en continu, que tel était leur plus profond désir.

Je condamne le dénommé Jean à la peine de prison ferme de un an, peine qu'il a déjà réalisée durant la période d'attente du déroulement de son procès.

En conséquence, le dénommé Jean est libre. »

La foule applaudit à tout rompre, Marie et petit Jean étaient fous de joie, tout comme la famille Marchand et les parents de Jean tout à coup libéré d'un fardeau qu'ils considéraient jusque-là comme écrasant. Ce fut la fête, une immense fête qui dura 2 jours et 2 nuits.

Seul l'avocat de Jean était inquiet d'un appel possible. Il avait ressenti que le ministère n'était pas totalement convaincu par l'argumentaire du juge, que celui-ci semblait plus s'être libéré l'esprit qu'avoir jugé cette affaire sans se laisser emporter par celle-ci. Jour après jour, il s'inquiéta des humeurs de tous les intervenants, compris ceux qui leur étaient favorables.

Ce fut 24 heures avant l'expiration du délai que l'appel du jugement fut imposé. La date prévisionnelle du procès en appel fut fixée un an après le premier jugement. Il était évident que le ministère ne voulait pas que les choses traînent.

L'euphorie de la tirade du juge était passée et bien passée. Plus le temps s'écoulait et plus l'optimisme de l'avocat descendait... Trois mois avant la date fatidique, il leur demanda de s'attendre au pire. Il était maintenant certain que la base du premier jugement s'était effondrée et qu'il serait judicieux de négocier une peine acceptable par tous, compris la populace qui commençait à regarder ce nouveau jugement d'un sale œil. D'ailleurs, elle était leur meilleure alliée, mais il ne fallait surtout pas l'inciter à la haine sous peine de voir la bienveillance de la situation s'effondrer brutalement.

L'avocat de Jean pilota la situation d'une main de maître. Lorsque le juge d'appel prononça son verdict, ce fut plus pour laisser la victoire à la justice que pour punir Jean. Il fut condamné à trois mois de prison, geôle vers laquelle il se dirigea presque avec plaisir.

Mais une fois de plus, la vie n'en fait qu'à sa tête. Comme lors d'un jugement l'attention se focalise surtout sur la peine et sa durée, sans se faire oublier, les conditions de celle-ci attendent patiemment de jouer leurs rôles, bien cachées derrière les vedettes.

Aussi, lors du premier jour passé dans la prison, qu'il connaissait malheureusement bien, le spleen le retrouva et décida de lui tenir compagnie. Les jours étaient longs et inintéressants à souhait. Les autres prisonniers, qui couvaient leur violence, n'attendaient qu'une chose : le bon moment pour l'exprimer. La principale occupation de Jean était de les éviter afin de ne pas générer de provocation par sa simple présence. Pendant cette période, il se demandait pourquoi les détenus n'étaient pas regroupés par type de personnalité, par raison de privation de liberté, et bien sûr, par niveau de dangerosité. Il était évident qu'un nombre non négligeable d'entre eux était incapable de vivre en société sans être guidé par leur indispensable violence. Pour eux, elle était un support, un outil, un lieu de retranchement qui leur donnait une sensation de bien-être. Même s'ils perdaient un combat, c'était leur loi, une règle qu'ils connaissaient et, finalement, qu'ils acceptaient.

Ce fut lors de sa dernière semaine d'incarcération que Jean fut mortellement poignardé par un autre détenu et celui-ci ne put même pas expliquer pourquoi il avait fait cela.

Meurtre à Tournon

Lorsque les gendarmes arrivèrent, l'homme était allongé sur le bord du quai, juste à côté de l'embarcadère réservé aux bateaux de croisière. Pour être certain que c'était un homme, il fallut ausculter ses parties génitales, c'était le minimum, car le corps ne possédait plus de tête. Plus de tête et presque pas de sang autour du corps, preuve qu'il n'avait pas été tué sur place. En effet, à moins d'avoir élaboré une organisation très sophistiquée, la cause de cette mort n'était pas un suicide. Elle n'était pas accidentelle non plus, car à part le corps sans tête, aucun élément, même banal, ne se trouvait être sur place ni à proximité.

Arrivé sur les lieux, le capitaine de police Noun, libéré de ses enquêtes en cours et affecté exclusivement à celle-ci, fouilla d'abord le corps, mais il ne trouva rien, absolument rien. Il se fit même la réflexion que c'était trop rien, tellement rien que c'en était anormal. Que penser lorsqu'il est fort possible que les fonds de poches aient été aspirés avec minutie pour que même les poussières, qui d'habitude s'y trouvent toujours, ne puissent parler ? À part quelques taches de sang, les vêtements étaient propres et fraîchement repassés... pas neufs, mais propres. La coupure au niveau du cou était elle aussi très propre, tout comme les chairs et la vertèbre, bien visibles, qui ont été tranchées sans effet de cisaillement. À croire que cet homme a été guillotiné par une grosse lame de rasoir.

Noun donna l'autorisation d'emmener le corps chez le légiste et, tandis que ses agents effectuaient les tâches habituelles pour ce genre de meurtre, il déambula dans les environs. Il aimait s'imprégner des caractéristiques des lieux. La vue, les sons, les odeurs... et là, justement, l'odeur dominante du fleuve était perturbée par des fragrances acides de vin qui, de temps en temps, venaient s'imposer. Il s'approcha du quai et regarda avec attention le clapotis qui, à cet endroit, venait gentiment rencontrer la bordure. Il s'y trouvait des restes de vomi. De quand dataient-ils ? Seule une analyse allait pouvoir le déterminer. Il appela un agent et lui demanda de faire un prélèvement en faisant bien attention à ne pas diluer le résidu encore plus que ce qu'il était.

Après une petite tournée en voiture banalisée dans les différents quartiers de la ville, ainsi que dans celle de Tain l'Hermitage, seulement séparée de Tournon par un pont, il rentra au bureau mis à sa disposition et, dans l'attente des retours d'information, consulta les archives. Il était à la recherche de similitudes, tant avec les affaires classées que dans les non classées. Des décapitations, cela ne manquait pas, mais aucune de réalisée avec ce degré de précision. Il orienta ses recherches sur les effets de la lame considérée comme la référence, lame qui maintenant doit être attaquée par la rouille : la guillotine. Malgré l'épaisseur de celle-ci, la coupure n'était pas aussi franche, elle laissait toujours apparaître un effet d'écrasement bien visible, or, dans son affaire, ce n'était pas le cas. Il se demandait bien comment le ou les assassins s'y étaient pris. Une fois de plus, il semblait bien que ceux-ci partaient avec une longueur d'avance sur lui...

Premier retour de l'enquête de voisinage : rien, nada, que dalle de chez que dalle.

En attendant les résultats des examens, le premier retour du médecin légiste ne lui apportait rien qu'il ne savait déjà :

« Un homme de sensiblement cinquante ans. La mort serait due à une décapitation. Celle-ci aurait été causée par un outil tranchant particulièrement bien affûté, genre scalpel, mais beaucoup plus gros puisqu'il aurait coupé avec le même niveau de précision une vertèbre. »

Hormis ce petit désagrément et aussi qu'il n'avait pas pu analyser la tête du mort, car toujours manquante, avant de mourir le sujet était bien portant... ben voyons, et peut-être même qu'un quart d'heure avant sa mort il était encore en vie, une vraie lapalissade !

Deux heures plus tard, les examens arrivèrent. Le vomi était un dégobillage causé par un mauvais vin, le comble pour une région où ils sont excellents. Quant au reste, rien d'exploitable, à part que le dernier repas du défunt sans tête était raffiné, et même très raffiné. Il décortiqua son menu et constata qu'il avait effectivement mangé dans un restaurant de grande qualité. Il demanda à ce que la relation soit rapidement établie avec ce qui existe dans le coin. Le temps de finir sa demande, il avait sa réponse.

« Chef, ce gars à manger dans le restaurant *Les Cèdres*, à Granges-les-Beaumont, menu Découverte. Je le sais parce que j'y ai emmené ma femme la semaine dernière pour nos dix ans de mariage, et c'est justement le menu que nous avons choisi.

- Bien... enfin une bonne nouvelle. Une caméra, trouvez-moi une caméra qui aurait filmé sa gueule. De mon côté, je vais interroger tous les employés de l'accueil et du service en salle. »

Les Frères Bertrand, une légende dans la région. Jacques est aux fourneaux et Jean-Paul est maître de maison.

Bien que la photo sans tête de son client ne soit pas très parlante, Jean-Paul le reconnut immédiatement à ses vêtements. Visiblement pas du coin, il ne connaissait pas bien les vins de la région, une honte ! mais il avait laissé le sommelier choisir pour lui, ce qui était une preuve de bon goût. La cinquantaine... et toutes les autres informations suivirent, à l'exception de la couleur de son caleçon.

Voilà, nous savons enfin à quoi ressemble notre mort, ainsi que son niveau de raffinement.

Une heure après, nous avions la photo de notre homme, tête comprise, et après une autre petite heure, nous savions tout de lui... enfin, c'était ce que nous croyions.

Michel Martin, cinquante-deux ans, expert-comptable à son compte, célibataire, jamais aucun ennui avec la justice, pas d'excès de vitesse ni même le moindre procès-verbal pour dépassement de temps de parking. Rien, absolument rien... finalement, peut-être trop rien... il était presque trop propre le monsieur, comme ses fonds de poche.

Peut-on organiser un assassinat de ce genre pour le simple plaisir de tuer un inconnu ? Je n'y croyais pas une seconde. Il y avait une raison, et il était certain que celle-ci était loin d'être négligeable. Cet honorable monsieur nous cachait quelque chose et il nous fallait absolument trouver ce que c'était. Je mettais tous mes adjoints sur le coup. Perquisition chez lui, à son bureau et chez ses parents, il n'avait pas d'autre famille. Aucune licence sportive, aucun abonnement culturel, aucun lieu de villégiature puisqu'il ne prenait pas de vacances... rien, absolument rien, pas même un animal domestique.

Ce n'était pas bizarre, c'était tout simplement impossible... à croire qu'il ne vivait pas.

Une double vie, il avait nécessairement une double vie. Dans ces cas-là, le plus difficile est de trouver la clef de la porte qui donne accès à son monde parallèle. Il y avait nécessairement une astuce, mais en général, c'était une chose purement illogique qui faisait qu'en cherchant par le raisonnement, vous aviez toutes les chances de ne pas la trouver.

Je décidais de déambuler dans Tournon, sans but précis, comme ça, histoire d'évacuer tous ces enchaînements logiques qui sont la base de l'édification d'une enquête classique.

Je passais devant l'église et me dirigeais vers la Grande Rue, qui n'avait de grande que le nom. Qu'elle soit un tantinet longue, d'accord, mais grande, non. Sur cette pensée hautement philoso... je m'arrêtais brusquement, et me retournais pour regarder le mendiant qui, comme tous les mendiants, était assis sur le côté de l'entrée de l'église.

Se sentant épier, il me fixa du regard et d'une amorce de geste me demanda ce que je voulais. Je revins sur mes pas et engagea la conversation en me gardant bien de me présenter.

« Si je voulais changer de vie, si je voulais que plus personne ne me regarde ni ne me pose de questions... en bref, si je voulais devenir transparent, comment devrais-je m'y prendre ? lui demandais-je.

- Certainement pas en devenant mendiant. Tout le monde nous regarde en faisant semblant de ne pas nous voir et la maréchaussée nous contrôle régulièrement. Désolé capitaine, mais sur ce coup-là, je ne peux pas vous aider. »

Amusé de voir ma gueule de démasqué, il partit d'un grand rire très communicatif. Il ne me fallut que le temps de revenir de ma surprise pour accompagner sa boutade.

« Évidemment, vous voyez tout le monde, même de loin et si ce n'est pas le cas, vous vous transmettez les infos.

- Vous avez tout compris. De toute façon, c'est le seul moyen de se protéger des fadas qui veulent nous casser la gueule, comme ça, parce qu'ils pensent que cela n'a pas d'importance puisque nous sommes des sous-hommes. Et... désolé capitaine, mais ce ne sont pas les forces de l'ordre qui peuvent empêcher ça.

- Non, vous avez raison. De toute façon, nous ne faisons plus de prévention, mais uniquement de l'intervention, et encore... Mais, dites-moi, vous qui en savez plus que nous, je cherche la tête du mort trouvé sur le quai, vous n'auriez pas une petite idée ?

- Peut-être en cherchant chez ceux qui aiment à remplir leur cabinet de curiosités ?

- Ce n'est pas con... mais vu ce qui a été fait, je n'y crois pas trop.

- Trouvez l'assassin, il vous dira où elle se trouve cette tête... ou pas.
- Et si l'homme sans tête avait une double vie, comment devrais-je m'y prendre pour trouver le chemin qui permet d'y accéder ?
- Ha ! Voilà enfin une question intéressante... il était du coin ?
- Pas très loin, d'Annonay.
- T'as une photo de ton tourmenteur ? Avec la tête bien sûr ! »

Je sortais mon portable pour le lui montrer, mais il me regarda avec un air bizarre...

« Oui d'accord, mais il faut me l'envoyer à mon numéro sinon... oui, je sais, nos secrétaires respectives sont trop occupées. »

Il sortit un vieux tromblon de derrière les fagots et pianota dessus à une vitesse qui me laissa pantois. Une fois terminé, il me demanda de ne pas m'éloigner, car avec sa patte folle il pouvait difficilement se déplacer. J'étais prêt à lui demander de m'envoyer l'info quand il l'aurait, lorsque son téléphone sonna, genre vingt-deux à Asnières.

Il décrocha, écouta attentivement, puis raccrocha. Il leva enfin les yeux et me regarda d'un air plutôt pas sympathique du tout.

« C'est quoi l'embrouille ? Vous voulez vous débarrasser des cloches ? Ils font désordre dans le paysage ?
- Je ne comprends pas...
- Dis donc, capitaine, tu maintiens que tu ne connais pas le mec qui s'est fait découper en morceaux ?
- Michel Martin, expert-comptable, célibataire, etc. Rien d'intéressant.
- Et en plus, il semble y croire ! Désolé, mais je ne sais pas si je dois rire ou pleurer.
- C'est à ce point-là ?
- Pire ! Bien pire ! Ultra pire... c'est un des plus gros caïds de la drogue marseillaise. Tout ce que je ne peux pas te dire, c'est son vrai nom. Mais si je te dis *Le Cheminot*, je devrais voir ton visage s'éclairer... Ah ben non, il a pâli ! »

« Mes respects monsieur le Commissaire divisionnaire, Capitaine Noun, chargé d'enquête. Je viens d'avoir une information concernant *Le Cheminot*. Je vous ai envoyé une photo qui a été prise la semaine dernière dans un restaurant à quelques kilomètres du lieu de mon enquête. D'après un de mes indics, ce serait *Le Cheminot*.

- Je vais la comparer. Hum... cela nécessitera plusieurs vérifications, car sur la seule photo que nous ayons de lui, il a les cheveux longs, attachés en queue de cheval, et vingt kilos de plus que sur la vôtre. Pour le regard, impossible de vérifier, car nous l'avons avec des lunettes de soleil. Maintenant, si nous pouvons valider votre cliché, nous ferons un grand pas en avant pour le dénicher.

- Monsieur le Commissaire, si vous validez cette photo, vous n'aurez plus à le chercher, enfin, en partie.

- Soyez plus clair.

- J'ai une partie du corps de cet homme, mais il m'en manque encore un bout et pour être plus précis, la tête.

- Attendez, attendez... vous me dites bien qu'il vous manque la tête du supposé *Le Cheminot*, c'est bien ça ?

- Oui, je valide.

- Alors je crois que nous allons pouvoir reconstituer le puzzle. Hier, en fin d'après-midi, la poste centrale nous a demandé d'intervenir sur un colis suspect qu'un chien avait repéré. Et devinez ce qu'il y avait dans la boîte ? Une tête qui commençait à sentir. Bon, celui à qui elle appartenait s'était aussi fait un peu malmener avant de se faire découper. Concrètement, cela veut dire que si nous confirmons la mort du *Cheminot*, nous allons avoir une guerre des gangs sur le dos. Bien, je lance la procédure pour récupérer le corps et la supervision de l'enquête que vous continuerez à mener sur votre secteur, bien sûr, en étroite collaboration avec mon enquêteur. Je vous laisse et vous tiens au courant des résultats de la vérification. »

Deux jours après, la reconstitution faciale confirma avec 96% de certitude qu'il s'agissait bien du surnommé *Le Cheminot*.

Une heure après cette information, j'étais sur le parvis de l'église de Tournon avec une enveloppe à la main. Je la tendais à celui que je considérais être maintenant mon pseudo adjoint infiltré, et le félicitais pour la qualité et la rapidité du travail accompli. Après une discussion de quelques minutes, je pouvais compter sur la collaboration d'un réseau de cloches, c'est ainsi qu'ils aimaient se faire appeler et, si besoin, sur les réseaux voisins, ce qui leur permettait de couvrir l'équivalent de deux départements.

Il fallut du temps pour trouver l'outil qui avait permis la décapitation avec ce niveau de précision.

Il s'agissait d'un découpeur à eau à très haute pression. Pour notre *Cheminot*, il avait été réglé à 1000 bars. Matériel de grande précision et très coûteux que seul du personnel parfaitement qualifié pouvait utiliser. Une fois l'outil défini, il fallut encore plusieurs mois d'enquête pour comprendre comment cet outil avait pu être utilisé de cette façon et, surtout, sans éveiller l'attention. La réponse vint directement de la machine. Son nombre d'heures de fonctionnement pour chaque opération, les réglages, les éventuels aléas... tout était gardé en mémoire dans son ordinateur de commande. Aussi, il en sortit que ce fut un jour de grève qu'elle découpa *Le Cheminot*... le comble. Par contre, quels furent les opérateurs qui réalisèrent cette œuvre ? Nous ne le savons toujours pas, car les titulaires de la machine étaient en grève avec les autres employés, à la vue de tous, à exprimer leur mécontentement. Quant au « pourquoi utiliser ce procédé pour occire cet homme », peut-être le saurons-nous lorsque nous aurons bouclé l'enquête !

Dérives

Voilà qui sort de l'ordinaire !

Mais finalement, voilà qui, en Ardèche, n'est peut-être pas si extraordinaire que ça.

Il est bien connu que l'Ardéchois n'aime pas qu'on lui dicte ce qu'il doit faire, surtout si l'objectif est de se servir de lui pour engraisser les fortunés à ses dépens.

Il est bien connu aussi que certains coins un peu « paumés » de cette magnifique région servent d'abri à des cas... un peu particuliers.

Nous avons tous encore en mémoire l'histoire « des tueurs fous de l'Ardèche » : Pierre Conty, l'ennemi public numéro un... Or, aujourd'hui encore, certains n'hésitent pas à affirmer que cette affaire n'était que la partie visible de l'iceberg.

En ce temps-là, beaucoup voulaient s'approprier le patrimoine de cette magnifique région. Leur objectif ? Jouir pleinement de sa qualité de vie. Je ne vous parle pas seulement des investisseurs français en mal de retrouver le mode de vie de leurs ancêtres, notamment grâce à l'élevage de chèvres, mais des étrangers : Belges, Hollandais, Allemands, Anglais... et pas seulement. Ceux-là faisaient tout leur possible pour acheter de belles fermes, des hameaux et même d'anciens petits villages qui petit à petit s'étaient dépeuplés.

Mais là encore, « beaucoup » n'étaient pas la totalité, d'autres catégories venaient s'y réfugier pour une autre raison, et en général, ceux-là avaient besoin de prendre un nouveau souffle. Parmi eux, nous n'oublierons pas ceux qui se considéraient comme incompris ou porteurs d'une vision d'un futur différent.

Ce sont ces minorités qui par principe, alors qu'elles ne cherchaient pas à s'afficher publiquement, ont été, et sont toujours porteuses de besoins difficiles à satisfaire.

Chez certaines d'entre elles, et plus particulièrement les soi-disant politisées, le besoin de finances *non existantes* se fit rapidement sentir. Elles étaient bien soutenues par des mécènes, mais en partie seulement, et les finances dont elles bénéficiaient n'étaient que des leurres, une vision erronée d'abondantes possibilités qui ne pouvaient exister que « sous certaines conditions ». Aussi, il fallait que ces organisations libertaires s'alimentent financièrement d'une autre façon. Le réservoir d'hommes de main étant organisé, il fallait l'utiliser le plus efficacement possible.

Extrêmes de tous bords, modérés qui ne l'étaient que par les mots employés, non violents, anticapitalistes, anticommunistes... antitout, et même anti-anti ! Au nom de tous ils opérèrent et, le plus souvent, le firent sans savoir pour qui ni même au nom de quelle idéologie.

Découlant de ce grand n'importe quoi, il se produisit d'étranges choses... pour exemples, en voici quelques-unes.

Une succursale bancaire, dont le nom était bien connu de tous, fut dévalisée un soir après la fermeture. Les forces de l'ordre furent étonnées des renseignements que les cambrioleurs possédaient. En effet, il fallait être bien informé pour savoir que, ce soir-là, cette succursale servirait de stock relais pour le transfert de fonds devant se réaliser le lendemain vers la banque régionale. Tout laissait supposer qu'ils avaient bénéficié d'une complicité interne. Certains esprits, peut-être un tantinet plus éclairés que les autres, allèrent jusqu'à supposer que cette opération était carrément pilotée par un responsable de cette fameuse banque.

Étrangement, cette affaire ne fit qu'un entrefilet dans la presse locale. Tout aussi bizarrement, la compagnie d'assurance ne se fit pas priée pour rembourser la somme dérobée... la raison qu'elle évoqua : « Toutes les procédures ont été respectées. »

La finalité de cette affaire : « Sans suite. »

Quelque temps après, ce fut l'armurerie d'une gendarmerie qui, au petit matin, lors de la vérification journalière, fut retrouvée vide, totalement vide. 12 PA (Pistolets Automatiques) et 6 PM (Pistolets Mitrailleurs) avec chargeurs et munitions, ainsi que tout le matériel pour en effectuer la maintenance, s'étaient envolés. Tout cela s'était fait sans un bruit et sans aucune effraction. Tous les gendarmes furent mis aux arrêts durant le temps de l'enquête, mais celle-ci ne donna aucun résultat, absolument aucun. En désespoir de cause, la grande muette les limogea, tous sans exception, et garda l'enquête ouverte le temps nécessaire pour la résoudre.

Quelque temps plus tard, ces armes servirent lors de l'attaque d'un véhicule blindé et, deux ans après, elles furent à nouveau utilisées lors d'une tentative de cambriolage d'une bijouterie. Constat fut fait qu'elles étaient toujours bien entretenues... aujourd'hui encore, l'enquête ne doit pas être close.

Et les cas particuliers, me demanderez-vous, que sont-ils devenus ?

Eh bien, ils sont toujours là. Les temps changent, les personnages aussi, mais les principes sont toujours d'actualité. Certes, ils font moins de bruits... d'ailleurs, la pole position d'ennemi public numéro un n'est plus ardéchoise, et nous ne voyons plus d'action d'éclat qui mérite d'être télévisée. Non, aujourd'hui, ils utilisent avec grande efficacité les moyens numériques mis à la disposition de tous... est-ce moins dangereux ? Il est aisé d'en douter, car régulièrement, des personnes ont l'étrange idée d'abandonner leur vie à Privas, sur le bord d'un trottoir.

Sale histoire à Annonay

Annonay, ville de référence des grands entrepreneurs : les frères Montgolfier, Marc Seguin... les évènements que je vais vous conter s'y passent dans les années cinquante.

Michel Durand de la Mare (MDM), chef incontesté d'une famille très aisée, vient de décéder brusquement. Il avait tout pour lui. L'intelligence, la beauté, la richesse, une excellente santé... et pourtant, d'après les médecins, son corps affichait clairement qu'il était au bout du rouleau. En effet, trois professeurs de grandes renommées avaient été mandés afin que soient confrontées leurs expériences. L'objectif : donner une explication rationnelle à sa mort.

La cause de son décès semblait venir de plusieurs défaillances organiques simultanées. L'autopsie avait été pratiquée par les trois spécialistes et tous étaient tombés d'accord sur une conclusion qui avait été présentée sans réserve.

Sous un physique de sportif, et malgré ses capacités qu'il affichait ostensiblement, son corps n'en pouvait plus. Pour la faire courte et la moins complexe possible : plus rien ne fonctionnait. Seulement voilà, il n'avait que cinquante ans. Il n'avait été victime d'aucune alerte, ce qui, au vu de son état, aurait dû se produire depuis plusieurs années et aller crescendo. Il n'aurait pas, non plus, dû pouvoir se déplacer sans être assisté, au minimum d'une aide technique... alors qu'il y a deux semaines, il participait à un dix mille mètres pour une œuvre de bienfaisance. En bref, aucune logique dans ce qui était maintenant une affaire... car justement, les affaires de monsieur Durand étaient importantes, même très importantes.

Pour la famille, c'était évident, mais celle-ci ne se doutait pas qu'elle n'était « que » la famille, alors que la France avec un grand « F » devait maintenant, avec cette mort, régler une affaire d'État de tout premier ordre. Pour l'ensemble des composantes du gouvernement, rien ne pouvait être mis en retrait face à des mots tels que : Armement, Pétrole et Finances internationales... et justement, c'était ses spécialités. Michel Durand de la Mare tenait d'une main de fer un consortium d'une complexité indéfinissable pour toute autre personne que lui. Pourquoi ? Tout simplement parce qu'il était le seul à en connaître tous les rouages. Or, il avait été constaté qu'aucune décision ne pouvait être prise en « réaction » et, comme il le disait si bien : « Au préalable, elle doit être analysée dans ses 4 dimensions. » Maintenant, avec la mort de ce docteur Frankenstein des affaires internationales, les marchés imposaient à la France qu'elle donne un signe, qu'elle annonce quelque chose... oui, c'était évident, mais quoi ?

Tous avaient immédiatement pensé à son fils, Jean-Michel, fraîchement sorti de HEC. Interrogé, celui-ci affirma que son père ne le voulait pas dans la direction du consortium avant une dizaine d'années. Il fallait au préalable qu'il fasse ses preuves en comprenant et maîtrisant parfaitement tous les rouages de celui-ci. Et pourtant... oui, pourtant, dès qu'il fut averti du décès de son client, et conformément à ses ordres, soit 24 heures après, son notaire se présenta à sa famille réunie au grand complet dans le salon, ainsi qu'au Premier ministre présent au téléphone. Il lut une courte note rédigée ainsi :

« Conscient qu'une mort brutale peut survenir, voici le chemin du raisonnement qu'il vous faut suivre pour stabiliser la situation, et surtout, pour prendre le temps nécessaire afin de pouvoir décider sereinement. »

Associé à ces mots, le notaire sortit un plan... celui de la propriété familiale… mais sans aucune indication de notée dessus ni de pièce jointe. Il laissa ces deux documents et quitta la propriété sans dire un mot de plus, sans répondre aux questions qui lui étaient posées autrement que par :

« Désolé, je ne suis pas autorisé à vous donner plus d'information. »

Le Premier ministre fit immédiatement son rapport au Président. Celui-ci appela le notaire, certain de le convaincre ou, s'il n'y parvenait pas immédiatement, de l'effrayer suffisamment pour qu'il donne les informations complémentaires. Car, enfin ! il était maintenant évident que ces informations existaient ! et pour le Président, la raison d'État ne pouvait être malmenée, même par celui qui lui avait rendu d'immenses services.

Il eut beau utiliser tous les outils que sa fonction mettait à sa disposition, même les moins honorables, il ne put rien tirer de ce notaire trop intègre. Il fit pression sur ses amis, puis sur sa famille, mais il n'obtint pas plus de résultats.

Comme le besoin d'agir se faisait de plus en plus pressant, les barbouzes entrèrent en piste. Le notaire fut enlevé et interrogé, mais rapidement ils comprirent qu'ils n'en tireraient rien. En effet, atteint d'un cancer incurable, il ne lui restait que quelques mois à vivre. C'était certainement la raison pour laquelle MDM l'avait choisi.

Au fur et à mesure que, sur cette affaire, la lumière se faisait, l'inquiétude des personnes en rapport direct et indirect avec elle amplifiait. Et pour prononcer les mots qu'il ne fallait pas dire, mais que tout le monde pensait, la peur d'une ingérence active pour le compte d'un état étranger s'imposait de plus en plus, jour après jour. Car quelle autre raison pouvait avoir poussé cet incontournable chef d'orchestre à bloquer ce qui permettait à un grand nombre de pays de mener une vie presque paisible ? Car c'est ce qui apparaissait maintenant. Tous se rendaient compte que la moindre décision prise au niveau international qui ne suivait pas la logique MDM générait, en retour, un effet nuisible et, pour certains, une situation réellement catastrophique. Seulement voilà, la logique MDM, personne ne la connaissait. L'Ardéchois dont le grand-père était sabotier dans un minuscule hameau isolé du reste du monde, avait, par sa mort, créé une situation qui d'ici peu serait considérée comme un acte de guerre commerciale... et comme l'armement était intégré en arrière-plan de toutes ses organisations, la suite était facile à deviner.

Les grandes questions étaient toujours : quel était son objectif ? Pourquoi ? Et peut-être, pour qui ?

Les meilleurs enquêteurs planchèrent sur les indices qu'avait laissés ce drôle de personnage. Ils fouillèrent, interrogèrent, cherchèrent tous azimuts, tandis que les agents de l'ombre en faisaient autant auprès des services de renseignements des autres pays. Réellement, qui était Michel Durand de la Mare ? La question se posait et, dans le même temps, elle ne devait surtout pas transpirer dans les médias. Au niveau international, nous étions en pleine guerre froide. La rumeur, arme largement utilisée par les services d'espionnage, cheminait si bien chez nos amis comme chez nos ennemis que d'ici peu plus aucune information sur le sujet n'allait avoir de valeur. Était-ce l'objectif de MDM ? Peut-être, mais ce qu'il ne pensait sans doute pas, c'était que la peur de ne plus pouvoir gérer cette situation allait engendrer une prise de décision radicale.

Un chef de bureau, certainement plus intéressé par sa prime de technicité que par la pureté du rôle qu'il devait jouer, considéra que si les interrogatoires qu'avait subis le notaire n'avaient pas donné les résultats espérés, c'était que les méthodes mises en œuvre n'étaient pas adaptées, il fallait donc en changer. Il décida de le soumettre à celles dédiées aux espions, certain que la violence de celles-ci allait lui délier la langue. Bien sûr, ce raisonnement ne prenait pas en compte son état de santé et après une demi-heure de baignoire, le notaire rendit définitivement les armes, sans avoir donné la moindre information. Bien sûr, son décès fut présenté comme étant une conséquence directe de sa maladie et personne ne s'en inquiéta plus que cela.

Ce fut le neveu de MDM, âgé de 12 ans, qui trouva la clef d'accès à la solution.

Un tantinet agacé par tout ce remue-ménage, il sortit son Monopoly et en proposa une partie. La possibilité de se libérer l'esprit fit que les places de la table du jeu furent rapidement toutes occupées.

Sensiblement en milieu de la rencontre, alors que sa tante interrompait le jeu pour aller aux toilettes, le jeune garçon suspendit son lancer de dés et annonça, tout étonné :

« Je crois que j'ai trouvé comment faire ! »

En quelques minutes, un grand nombre de personnes s'intéressa à lui, ce qui n'avait pas été le cas jusqu'à présent.

En apparence, MDM semblait avoir semé le chaos, alors qu'en réalité, il l'avait organisé. Comme toujours et dans tous les domaines, le temps joue le rôle de juge de paix. Aucune organisation ne peut vivre si elle n'a pas été basée temporellement... c'est un incontournable. Et pourtant, il est aussi une autre évidence qui trouve toujours son chemin dans la logique des actions/réactions, lorsque celles-ci se sentent menacées. En effet, un enchaînement de ce genre ne génère qu'une conséquence vraie à très court terme, donc hors la logique de base temporelle.

C'était ce que venait de voir le jeune garçon dans la logique de jeu du Monopoly qui dépendait toujours du lancer de dés. La cadence, le tempo donné par l'action du lancer, laissait le futur dépendre de ce hasard. C'était sur ce rythme temporel, a priori non défini, mais qui le devenait par la nécessité du jeu, comme le font naturellement deux personnes qui marchent, et qui, sans le vouloir, vont rapidement le faire au pas cadencé. C'était donc sur ce rythme temporel qu'il fallait agir si l'on voulait changer l'orientation du futur.

Tous les joueurs savent que, quel que soit le jeu, si l'on subit la loi d'un adversaire, il est en partie possible de rétablir l'équilibre des forces en cassant son rythme... en cassant l'enchaînement des tâches, en modifiant le tempo sur lequel il s'impose. Exemple : il n'est pas rare de voir le cours du jeu d'une partie de football changer après la mi-temps ou en toute fin de match, lorsqu'une équipe impose une nouvelle cadence de jeu.

Le fils ressortit l'ensemble des décisions que son père avait prises durant toutes ces années. Il les analysa avec cette nouvelle approche et, rapidement, il se trouva en situation de pouvoir suivre son chemin afin de poursuivre son œuvre. Certes, il ne le faisait pas encore avec la dextérité, la justesse et la finesse de MDM, mais il savait qu'avec le temps, ce fameux temps, il allait réduire le nombre de ses erreurs et en atténuer les importances.

De cette affaire, qui n'était pas encore résolue, mais qui était maintenant orientée sur une voie acceptable, il en restait plusieurs qui ne pouvaient être repoussées d'un simple revers de la main, même si pour l'État elles semblaient être moins importantes. Il restait à résoudre l'anormale déficience physique de MDM et sa volonté de garder secret le mode opératoire de ses actions. La rapidité avec laquelle ses organes s'étaient dégradés étant inexplicable par les médecins, même les plus grands spécialistes de la planète, elle fut donc associée à celle de garder secrets ses modes opératoires. L'arrière-pensée était toujours que MDM pouvait avoir changé de camp, et que ses dégradations physiques pouvaient provenir du secret militaire d'une grande puissance ennemie. En général, ce genre de secret relève du mythe et sa concrétisation ne voit jamais le jour, mais en ce qui concernait MDM, c'était une réalité.

Un mois après, Marie-Hélène, sa femme, décédait brutalement. Vu les circonstances, elle fut autopsiée et l'explication fut une copie conforme de celle de son mari. Bien sûr, le reste de la famille fut placé sous haute surveillance. L'air, l'eau, les aliments, les contacts de peau à peau… tout fut surveillé, aseptisé, goûté, analysé et modifié au dernier moment. Mais deux mois après, ce fut le tour de la sœur de MDM. Son mari et son fils Étienne, le jeune garçon qui avait senti la solution, n'ayant aucune confiance en tous les gens qui géraient cette affaire, s'échappèrent du système de surveillance et disparurent. Ils étaient certains qu'ils se trouvaient être sous l'emprise d'une force étrangère. Cela prit un peu plus de temps, mais quatre mois plus tard, on retrouva leurs corps dans un coin perdu d'Australie. Bien sûr, le résultat des autopsies fut lui aussi identique.

Il semblait impossible d'enrayer cette machine à tuer, jusqu'à ce que Jean-Michel, le fils de MDM, décide d'arrêter de poursuivre son chemin sur celui de son père. Il le fit brutalement, sans avertir qui que ce soit. Il pensait que la raison fondamentale de ce combat était peut-être la loi qu'imposait ce principe de gestion. En effet, les morts cessèrent sans que l'on sache pour combien de temps et, malgré la profonde insistance du Président, le fils n'en écrivit ni n'en lut plus une ligne. Mais six mois plus tard, il mourut de la même manière que les autres. De la famille, il ne restait que des cousins et cousines qui n'avaient plus de relations avec la famille proche de MDM depuis une éternité.

L'affaire s'arrêta là. Elle ne fut pas résolue... ou l'explication ne fut pas divulguée !

Fanon, Lucien et Le Chien

En ce temps-là, les sorcières arpentaient sans crainte l'Ardèche. Certains sorciers s'y aventuraient aussi, mais ils n'y trouvaient pas leur place, aussi, ils quittaient vitement cette région. Pourquoi les Ardéchoises et Ardéchois chérissaient-ils, et chérissent-ils encore, leurs sorcières ? Personne ne le sait vraiment. Les plus effrontés osent avancer avec un grand sérieux que c'est la même raison qui fait que leur fidélité à la vierge Marie est indéracinable.

En ce temps-là... peut-être, vous imaginez-vous être revenu au 19e siècle ou en première moitié du 20e ? Mais que nenni braves gens, nous sommes dans les années soixante. Aussi, vous l'avez bien compris, je resterai flou sur les noms, les lieux et les époques. Il y a encore trop de gens qui ont de la peine lorsque cette histoire est évoquée.

Alors oui, en ce temps-là, il y avait toujours des vaches dans les étables qui se trouvaient être sous les habitations des paysans ardéchois, et ce, encore au cœur des villages de moyenne importance.

Dès son réveil, Fanon regarda le temps. Ce n'était pas tous les jours qu'elle le faisait, mais ce matin elle doit mener les vaches paître au champ. Comme le soleil est au rendez-vous, elle va aussi emmener Lucien, son petit frère. Fanon vient d'avoir quatorze ans et Lucien est déjà fier de ses futurs onze ans.

Une demi-heure de marche pour accéder au pâturage. En général, les bêtes avancent d'un bon pas, surtout lorsqu'elles sentent l'appel de l'herbe grasse en bonne quantité. Et puis, pour aider les plus feignantes, il y a Le Chien. Il n'a jamais eu d'autre nom ! juste Le Chien... et finalement, cela lui va bien. Il fait très bien son travail. Il sait les guider et les houspiller si cela est nécessaire, mais sans jamais leur faire peur ni leur faire de mal. À croire qu'il comprend que le stress peut faire tourner leur lait.

Lucien aime bien porter le sac à dos. Cela lui donne de l'importance et, surtout, il montre que son poids ne l'empêche pas d'avancer d'un bon pas. Sans être lourd, il est toujours bien rempli. Bien sûr, il y a le repas, le goûter, deux gourdes pleines d'eau, mais aussi les vêtements de pluie. Par ici, il n'est pas rare que, sans prévenir, le ciel vous tombe sur la tête. Et puis, il y a toujours le petit plaisir de Fanon... un livre ! Elle emporte toujours un livre au pâturage. Le plus souvent, il est de la Bibliothèque Rose, elle le dévore dans la journée. Lucien, lui, il préfère fabriquer des choses avec son couteau. Un Opinel « La main couronnée » avec virole bloquante pour qu'il ne se referme pas sur ses doigts. S'il veut se faire un arc avec ses sagettes ou une flèche polynésienne, il faut qu'il fouille la forêt à la recherche d'un noisetier. Son père se moque un peu de lui lorsqu'il dit que quand il sera grand, il vivra dans la forêt, comme ceux que l'on nomme « les Sauvages ».

Cette année, son cousin Pierre ne viendra pas pour les vacances. La mère de Lucien a reçu une lettre de sa sœur lui annonçant qu'ils allaient visiter Londres. Il paraît que cela sera efficace pour lui casser son accent parisien. Bien qu'il ne soit qu'en sixième, il semble qu'il se débrouille bien en anglais. Lucien, lui, ça le fait bien rigoler d'entendre baragouiner sa sœur, on dirait qu'elle a un caillou dans la bouche, mais bon, c'est un truc qui ne lui fait pas vraiment envie. Quoique... à la réflexion, son instituteur a dit que pendant la guerre de Cent Ans, les arcs anglais étaient les meilleurs. La prochaine fois qu'il verra son cousin, il lui en parlera. Cela date peut-être un peu, mais il est possible que les Anglais sachent encore les fabriquer ces fameux arcs ! Tandis qu'il pensait à tout ça, il donnait de grands coups dans les ronces avec son gros bâton de marche. Voilà bien la seule chose qu'il n'aime pas dans la nature... les ronces. Vous avez beau les couper, les casser, les aplatir avec le pied, toujours elles se redressent et vous piquent.

« Non, Petit, si tu n'as rien pour les couper en te tenant au moins à un mètre d'elles, il vaut mieux les contourner. »

Julien sursauta en poussant un cri. Il n'avait pas entendu cet homme arriver, et sa grosse et puissante voix venait de faire galoper comme des fous les battements de son cœur.

« Hé ! N'aie pas peur ! je te dis simplement que cela ne sert à rien de les attaquer de front, parce que tu peux être certain que ces piqueuses seront plus fortes que toi.
- Oui, c'est vrai... j'ai horreur des ronces.
- Qu'est-ce que tu fais là, tout seul dans les bois ?
- J'suis pas tout seul ! Je suis avec ma sœur et Le chien, on garde les vaches.
- Non, Petit... eux ils gardent les vaches et toi tu te balades, dit-il en souriant.
- Je cherche un noisetier.
- Ha ! j'en connais un qui veut faire un arc.
- ...Ou une flèche polynésienne. Cela dépendra de ce que je trouverai.
- Qu'est-ce que tu as comme corde pour faire le lanceur ?
- De la suspente de parachute, c'est génial. »

L'homme le regarda quelques secondes, visiblement étonné.
- Costaud et souple à la fois... félicitations, il n'y a rien d'autre à ajouter. Allez, je te laisse. Passe une bonne journée Petit. »

Et il partit en prenant la direction de la vallée.

Il va nécessairement tomber sur Fanon et le troupeau, pensa Lucien. Heureusement, tout fou comme il est, Le Chien va donner l'alerte et ainsi éviter que ma sœur ait aussi peur que moi.

Il faut dire qu'à part les vacanciers, il est rare de rencontrer des voyageurs à pieds, avec leur gros sac sur le dos. Celui-là doit avoir une quarantaine d'années et il est à peu près grand comme le père de Lucien. « Grand/moyen » dirait sa mère en se moquant de lui. Tout ça parce qu'il ne fait pas 1,80m, mais 1,79m ! Par contre, le voyageur dégage une sensation de puissance qui fait que personne ne doit lui marcher sur les pieds. Lucien se dit que lui aussi, plus grand, il aura des épaules et des muscles comme lui. Il le regarda sortir du bois, hésiter quelques secondes, et finalement prendre la direction de la vallée d'un pas décidé.

Au loin, il entend déjà Le Chien donner l'alerte. Inconsciemment rassuré, Lucien reprit ses recherches. Au bout d'une heure, non seulement il avait trouvé de quoi faire un arc de belle dimension ainsi que quelques flèches, mais il tenait fièrement celle qu'il considérait être la future meilleure flèche polynésienne au monde. Il va la recouper à sensiblement 80cm, longueur mesurée d'un bout à l'autre, et lui fignoler l'entaille qui lui permettra de la lancer sans avoir à se poser de question sur son accrochage.

Il sortit du bois, et là, il eut la surprise de voir sa sœur discuter avec le voyageur. Il ressentit un petit pincement au cœur... il n'aimait pas la voir faire des simagrées et des manières, comme les autres filles qui veulent paraître intéressantes devant les garçons. Sinon que là, ce n'était pas avec un garçon boutonneux d'une quinzaine d'années !

En arrivant, il fit simplement remarquer qu'il était temps de rentrer, et, histoire d'associer les paroles à l'action, il siffla Le Chien et prit le sentier du retour. Après avoir fait cinquante mètres, il s'arrêta et se retourna vers Fanon. Non pas qu'il voulait être obéi, mais il commençait à être inquiet de la situation... Il le fut encore plus lorsqu'il vit qu'en partant, sa sœur effleurait de sa main celle de cet homme.

Jusqu'à cent mètres de la maison, ils ne parlèrent pas. L'ambiance n'était pas au beau fixe... lui, les pensées loin de son arc et de sa flèche polynésienne, il imaginait sa sœur faire des choses avec cet homme, et elle, le visage légèrement rouge, se demandait comment faire pour que ses gambettes arrêtent de trembler.

« Lucien, tu ne diras rien aux parents de notre rencontre... d'accord ?
- Pourquoi ? Tu as quelque chose à cacher ?
- Mais non, couillon, je n'ai simplement pas envie d'entendre toutes les questions qu'ils vont me poser parce que j'ai discuté un petit moment avec un homme.
- Une heure ! Ce n'est pas un petit moment, c'est une heure !
- D'accord, une heure ! Et alors, qu'est-ce que cela change ? Tu es fâché ?
- Je n'sais pas...
- Lulu... nous n'avons rien fait de mal, nous avons juste parlé... et, contrairement aux garçons de mon âge, ce qu'il disait était intéressant. »

Il faillit lui jeter à la figure que de se caresser les doigts lui laissait supposer le genre de discussion qu'ils avaient eu, mais il se retint, parce que finalement, il n'avait jamais vu sa sœur folâtrer derrière les buissons, comme le font certaines de ses copines. Sans compter que lui aussi, il avait eu une discussion intéressante avec le voyageur. Ainsi, sans savoir s'il devait vraiment le faire ou non, il décida de ne rien dire.

Le futur aurait-il été différent si Lucien s'était moins posé de questions ? Nul ne le saura jamais. Toujours est-il que, le lendemain matin, sa mère s'inquiéta de ne pas voir Fanon en cuisine alors qu'elle a toujours été une lève-tôt. Elle monta et trouva sa chambre vide, le lit bien proprement fait, comme chaque jour. Elle fit le tour de la ferme, mais ne la trouva pas ni même un indice susceptible de calmer son début d'angoisse. Ils appelèrent ses copines de classe ainsi que ses connaissances, mais ils n'obtinrent pas plus de résultats. Deux heures plus tard, c'était la camionnette de la gendarmerie qui faisait son entrée dans la cour de la ferme.

Assis autour de la table, Lucien annonça qu'il y avait peut-être quelqu'un avec qui elle pouvait être partie. Il raconta... il raconta tout, compris les moindres détails, les plus insignifiants, même ceux qui relevaient de simples sensations.

Immédiatement, toutes les gendarmeries et les hôtels de police de la région furent prévenus, ils diffusèrent son signalement et des photos.

Lucien refit le chemin avec les gendarmes. Ils fouillèrent jusqu'au moindre taillis pour trouver un indice... mais rien, ils ne trouvèrent rien.

Finalement, la gendarmerie laissa sous-entendre qu'il fallait certainement considérer cette affaire comme une fugue plutôt qu'un enlèvement.

Le temps passa sans jamais apaiser l'angoisse de la famille.

Deux ans plus tard...
Par une belle matinée d'été, Lucien emmena le troupeau en pâture. Accompagné de Le Chien, son sac sur le dos, il avançait d'un bon pas.

Mais le soir, certainement guidé par l'habitude, le troupeau revint seul.

Terriblement inquiet, le père appela la gendarmerie. Lorsqu'ils montèrent au champ, ils trouvèrent les corps de Lucien et celui de Le Chien sans vie. Ils avaient été poignardés avec une puissance telle que la lame qui devait faire plus d'une trentaine de centimètres avait non seulement traversée les cœurs, mais les corps en entier.

Quelques semaines plus tard, les parents furent admis au centre psychiatrique de Sainte Marie, à Privas. Ils y restèrent, lui durant cinq ans, elle six, puis ils moururent sans jamais avoir retrouvé leurs esprits.

Qu'est devenue Fanon ? Nul ne le sait, et jamais le voyageur ne fut retrouvé.

Les gens du coin chuchotaient, et ce, depuis le début de cette affaire. Bien sûr, on entendait les « on dit que… », mais rapidement ils furent suivis par les « Pourquoi la sorcière a-t-elle… » et finalement, certains considérèrent qu'il fallait regarder les choses différemment, car depuis le début elle était close cette affaire… Évidemment, disaient les vieux lors des veillées, « Les jeunes feraient bien de se souvenir qu'à certaines périodes il faut faire très attention… regardez pour la petite Fanon, c'était juste durant celle du sabbat. »

Attention ! Il est dangereux d'ouvrir sa porte

Étienne n'est pas du genre causant. Ouvrier agricole polyvalent dans une petite ferme, du matin jusqu'au soir il trime sans jamais rechigner.

Son patron n'est pas du genre avenant, même s'il paraît qu'avant, il était différent. Il n'aime pas parler de cet avant, le temps d'avant l'accident qui lui a coûté sa jambe. D'ailleurs, il n'était pas commun cet accident-là.

Tandis qu'il labourait son champ, une dizaine de sangliers sortirent comme des fous du bois voisin. Parmi eux, un gros mal était venu directement sur le tracteur avec l'idée saugrenue de vouloir le conduire lui aussi ! Le temps était lourd, une chaleur humide très désagréable qui avait poussé le fermier à bloquer la porte de son tracteur en position ouverte. Aussi, content de ne pas être empêché, ce foutu animal avait déjà les pattes sur le marchepied. En réaction, le fermier pivota sur son siège, et, pour lui faire comprendre qu'il n'était pas le bienvenu, il lui donna des coups de pieds. Mais loin de se décourager, le sanglier essaya de lui attraper la chaussure avec sa gueule. Voyant qu'il allait être obligé de le frapper beaucoup plus fort, le fermier mit une main sur le volant, l'autre sur le dossier de son siège, un pied bien en appui sur le rebord, et c'est à grand coup de saton qu'il s'évertua à le faire déguerpir. Mais les choses de la vie n'en font qu'à leurs têtes, c'est bien connu, et ce jour-là, le lacet de sa chaussure de travail s'accrocha à la défense de la bête. Lorsqu'ils s'aperçurent tous les deux de la situation, le sanglier n'insista plus pour entrer, mais au contraire, il tira de toutes ses forces pour faire sortir l'homme de la cabine. Plus tard, le fermier jura avoir lu dans les yeux rieurs de la bête « J'ai gagné ! » Et là, ce qui paraissait impossible se produisit. L'homme fut brusquement entraîné et tomba à terre avec le sanglier toujours accroché à sa chaussure. La bête tirait fort, très fort, et lorsque le fermier voulut lui attraper la gueule pour se libérer, le gros mâle changea brusquement de direction et fonça droit sous la charrue. Le sanglier fut coupé en deux et le fermier ne put se dégager avant que sa jambe ne soit, elle aussi, coupée par le soc de la charrue.

Depuis, rien ne peut le faire sourire, même les meilleures blagues de ses copains.

Le matin, Étienne vient prendre les ordres. Bien sûr, de surprises il n'y en a que très rarement, mais c'est comme une tradition, le patron y tient... alors ! À midi, il prend le repas avec le fermier et sa femme... il est rare qu'un mot y soit prononcé. Le soir, lorsque sa journée est terminée, Étienne vient rendre compte d'un éventuel problème, ce qui est rarement le cas. Il salue le fermier et s'en va dans sa vieille 4L bleu ciel.

Il arrive que le week-end, Étienne vienne au village et boive un coup avec les autres. Mais ce n'est pas une habitude, il faut qu'il y ait un concours ou une activité qui sorte de l'ordinaire. Il n'a pas de vrai ami, mais tous les gars du village apprécient sa bonhomie. S'il y rencontre son patron, il le salue poliment, mais ne cherche pas à engager la conversation. Il aime que les limites soient bien définies et respectées.

Seulement voilà, c'est lorsque les habitudes sont prises, lorsque rien ne semble pouvoir troubler cette tranquillité, qu'un petit grain de sable de rien du tout peut générer une catastrophe.

Une fin d'après-midi nuageuse, un voyageur, avec son sac sur le dos, s'arrêta à la ferme. Il demanda l'asile à Étienne qui lui répondit qu'il n'était qu'un ouvrier et qu'il devait faire sa demande au fermier.

Étienne alla le chercher et retourna à ses occupations. Ils discutèrent un bon moment, puis Étienne vit le voyageur installer sa tente sur le terrain situé en bordure du chemin qui mène à la ferme. Le fermier vint signaler à Étienne que l'homme n'allait rester que deux jours, puis, qu'il reprendrait son pèlerinage en direction de Saint-Jacques de Compostelle. Des pèlerins, Étienne en voyait régulièrement, mais, en général, leurs parcours étaient jalonnés d'étapes organisées pour les accueillir. Il se fit aussi la remarque que celui-là n'avait aucune coquille de visible, ce qui était plutôt rare. Quant à son bâton, sûr qu'il l'avait depuis de nombreuses années, car sa main en avait carrément usé l'empreinte alors qu'il devait n'avoir que trente-cinq ans maximum. Ses chaussures l'étaient tout autant, ce qui d'ailleurs était préférable pour ne pas se chauffer les pieds. Sur ses habits, aucune remarque, par contre, qu'un pèlerin soit rasé du matin et que ses cheveux soient proprets comme s'il sortait de chez le coiffeur, voilà qui posait question.

Étienne savait qu'il n'était pas correct de détailler les gens de cette façon, mais il ne le faisait pas exprès. De plus, cela ne se voyait pas puisqu'une à deux secondes lui suffisaient pour que ses yeux voient et retiennent toutes ces informations. D'ailleurs, tout ne lui venait pas immédiatement, il était courant qu'une heure après, plusieurs détails viennent soudain l'assaillir. Il aimait bien la capacité qu'il avait, cela lui donnait l'impression de jouer au détective. Il aimait bien aussi trouver des réponses à ses questions : Qui était-il ? D'où venait-il ? Où allait-il réellement ? Était-ce quelqu'un dont il fallait se méfier ?

Sans le regarder, il l'entendit planter ses sardines comme le font les gens qui en ont une grande habitude... car sous la fine couche de terre enherbée, ce n'était que cailloux densément serrés les uns contre les autres, mais aucune fois le marteau ne ripa. C'était aussi la preuve que ses muscles sont puissants et que, malgré la marche de la journée, son souffle n'était pas court. Comme chaque fois, Étienne se dit que tout ceci est discutable et ne peut apporter aucune information fiable sur le voyageur, oui, mais... car il y a toujours un « mais » et celui-là, Étienne ne pouvait l'écarter d'un revers de la main, encore moins l'oublier. C'était ses yeux. Non pas qu'ils soient beaux, particuliers ou expressifs, mais ils l'avaient décortiqué, un peu comme lui le faisait, mais sans le respect d'autrui comme il se l'imposait. Avec ce voyageur, tout y passait, et ostensiblement. Voilà qui ne pouvait pas laisser Étienne indifférent. Il se demanda même, durant une seconde, s'il ne fallait pas qu'il aille en parler au fermier... mais pour lui dire quoi, et sur quelle base ? Celle de ses sensations ? Il préféra attendre tout en surveillant ce soi-disant pèlerin. Deux jours, c'était largement suffisant pour préparer et réaliser un mauvais coup, surtout s'il en avait l'habitude.

Sa journée terminée, Étienne prit la route en direction de sa petite maison située à cinq kilomètres de là. Il n'en avait pas fait un, qu'il aperçut le voyageur marcher sur le bord de la route. Dès que celui-ci entendit la voiture, il se retourna et leva le pouce, signe qu'il aimerait bien qu'un véhicule lui évite de marcher jusqu'au village.

Étienne ne prenait jamais d'autostoppeur, à l'exception d'un gars du coin s'il était dans le besoin. Mais ce soir-là, il n'hésita pas plus d'une fraction de seconde, trop curieux il était de mieux sentir le soi-disant pèlerin.

« Où allez-vous ?

- Au centre du village, il faut que j'achète deux trois bricoles.

- Montez, c'est sur ma route. »

Il n'avait plus que quatre kilomètres à faire, aussi Étienne engagea rapidement la conversation.

« Je suis toujours étonné par le périple que les pèlerins font, d'où venez-vous ?

- Je suis parti de Besse-et-Saint-Anastaise, dans le Massif central. Personne ne connaît ce bled, mais beaucoup connaissent son lac.

- Oui, le lac Pavin ! Très sympathique comme coin.

- Vous connaissez ?

- J'y suis allé quelques fois pêcher avec un cousin qui habite La Tour-d'Auvergne. On y attrape des perches de belles tailles. Vous êtes pêcheur ?

- Non... enfin si, je pêchais à la main lorsque j'étais gamin, mais ce n'était pas une passion.

- Et ce pèlerinage, c'est votre premier ?

- Oui, et comme je ne travaille qu'occasionnellement, je peux m'organiser comme je veux. Alors voilà, je me suis lancé. Depuis un bon bout de temps, je voulais le faire, mais sans vraiment savoir pourquoi, raison pour laquelle je n'arrivais pas à me décider. Mais comme on le dit, il y a des choses qu'il faut faire au moins une fois dans sa vie, alors voilà... j'ai réussi à transformer mon incertitude en aspiration et depuis, je marche.

- Et concrètement, est-ce que vous avez trouvé ce que vous cherchiez ?

- Honnêtement ! Pas encore, mais je sens que je suis sur la bonne voie pour y parvenir. Et vous, cela ne vous attire pas ?

- Non... comment dire... je crois que ma vie intérieure est suffisamment riche pour ne pas éprouver le besoin d'être assisté par un support quelconque.

- Cela veut-il dire que vous n'êtes pas croyant ?

- C'est bien ça... et cela veut aussi dire que je n'ai pas besoin d'obéir à une illusion pour essayer, jour après jour, de me comporter le mieux possible.

- Voilà qui confirme ma première impression, vous avez un caractère bien trempé.

- Je ne sais pas, mais c'est ce que je ressens... ha ! vous voilà arrivé. »

Sans ajouter un mot, il descendit. J'attendis une seconde, mais il ne me demanda pas de le ramener une fois ses courses terminées. Aussi, je me gardais bien de le lui proposer.

De sa voix grave et puissante, il était capable de s'exprimer clairement, mais son soi-disant profond désir de se mettre en marche ne sonnait pas d'une franchise à toute épreuve. Une fois de plus, mes pensées relevaient plus d'un ressenti que d'une réalité, aussi, il me paraissait normal que je mette encore plus à l'épreuve ce besoin qui, finalement, n'était peut-être basé que sur une fausse vérité.

Le lendemain matin, lorsque j'arrivais à la ferme, je remarquais que notre voyageur en escale était affairé à préparer son petit-déjeuner. Lorsqu'il entendit la voiture sur le point de passer devant lui, il leva la main en signe de bonjour, mais ne leva pas la tête de son affaire.

La matinée se passa normalement, conformément à toutes les autres, c'est-à-dire avec son petit lot d'imprévus dont le niveau de gravité ne dépassait pas la vache qui refusait d'avancer, par exemple. Mais lors du dîner, le fermier me surprit lorsqu'il annonça que, pour honorer le passage du pèlerin, il nous invitait le voyageur, le curé et moi, à partager son souper. Sans faire d'autres commentaires, j'acceptais... et, je dois l'avouer, je le faisais avec plaisir et aussi un certain intérêt.

Dans ces situations, le minimum de correction impose que l'on offre quelque chose à son hôte, sauf le curé bien sûr, qui, de tout temps et aujourd'hui encore, est dispensé de cette obligation. Je pris la voiture et fis les quelques kilomètres supplémentaires pour trouver une composition florale digne de ce nom. Par ce présent, je voulais remercier la femme du fermier qui, telle que je la connaissais, allait se casser la tête pour rendre ce repas le meilleur possible.

J'aurais pu prendre une bonne bouteille de vin, mais cela aurait été commun, et surtout, cela pouvait laisser sous-entendre que la bouteille que l'hôte allait nous servir pouvait ne pas correspondre à ce qu'attendait mon palais. De son côté, l'invité d'honneur avait dû prévoir son cadeau avant d'être officiellement invité, car il n'avait pas eu besoin d'aller au village pour le trouver. C'était une petite bouteille d'apéritif caractéristique d'Auvergne, un vin fortement poivré. Le soir venu, il la sortit de sa tente et l'offrit à ses hôtes. Il expliqua qu'il était fait artisanalement par son oncle et qu'il fallait posséder une grande expérience pour bien marier les cépages de vigne et de poivrier. Contrairement aux autres convives qui n'hésitèrent pas à vider leur verre plein de cet apéritif un peu hors du commun, je ne fis qu'y tremper les lèvres, et encore, sans en boire. Je savais notre hôtesse bonne cuisinière, aussi, je ne voulais pas me brûler le palais avec du poivre et ne plus être capable d'apprécier à leur juste valeur les plats qu'elle nous avait préparés. La soirée fut agréable, tous les convives prirent plaisir à discuter de choses et d'autres tout en dégustant les plats qui étaient réellement délicieux. C'est sur le coup des minuits que nous nous quittâmes. Comme à son habitude, le curé était un peu joyeux, aussi je me proposais de le ramener. Arrivé au presbytère, il me fit la remarque qu'il avait certainement trop bu et qu'il allait attendre un peu, assis dans son fauteuil, avant d'aller se coucher. Il ne voulait pas s'allonger et voir son plafond tourner ! Je lui proposais mon aide, mais il refusa en souriant, s'excusant de trop bien connaître cette situation.

Bien que n'ayant pas fait d'excès, je me trouvais moi aussi en moyenne forme, mais cela passa rapidement.

Le lendemain matin, lorsque j'arrivais à la ferme, je constatais que, conformément à ses dires, le voyageur était parti. Je toquais à la porte, mais bizarrement personne ne répondit. Je toquais plus fort... toujours pas de réponse. Le chien qui attendait avec moi me regardait en gémissant, il n'avait pas eu sa pâtée.

Un peu inquiet, j'ouvrais la porte, qui n'était pas fermée à clef, et j'appelais... aucune réponse. J'entrais... immédiatement, je sus que quelque chose de grave s'était produit. La table n'était pas débarrassée, ce qui était une chose tout à fait inimaginable pour notre hôtesse. Je montais les escaliers, et là, sur le palier, allongé sur le sol, je trouvais le fermier sans vie, baignant dans un sang qui semblait lui être sorti de la bouche. Je fis quelques pas et trouvais sa femme, elle aussi morte, baignant dans son sang, comme son mari.

Je descendais rapidement et téléphonais à la gendarmerie. J'expliquais le mieux possible ce que je venais de constater et leur demandais d'aller s'assurer du bon état de santé du curé, puisqu'il avait soupé avec nous.

Une demi-heure plus tard, les gendarmes étaient à la ferme avec le docteur. Celui-ci constata que le couple était mort empoisonné, comme l'était aussi le curé qu'ils avaient trouvé assis dans son fauteuil. Je racontais en détail le déroulement de la soirée et constatais que j'étais le seul à ne pas avoir bu le fameux vin poivré. Je faisais aussi remarquer que le voyageur en avait bu autant que les autres, mais que son corps sans vie n'était pas là et que son état de santé lui avait permis de reprendre la route.

Les gendarmes se lancèrent sur les différentes pistes possibles. Ils interrogèrent le voisinage, sans résultats. Ils lancèrent un avis de recherche national, mais trois mois après, les seuls voyageurs signalés ne correspondaient en rien à celui recherché. Ils interrogèrent aussi les pèlerins en route vers Saint-Jacques-de-Compostelle, mais ils n'obtinrent pas plus de résultats. Quant à leurs collègues auvergnats, ils confirmèrent que personne ne l'avait vu depuis plusieurs mois. Ils eurent beau se démener, l'homme restait introuvable.

Le poison retrouvé dans les analyses confirma l'hypothèse des assassinats. En effet, celui-ci n'existait pas à l'état naturel, et le vin poivré trouvé chez l'oncle n'en comportait aucune trace.

Pourquoi le visiteur, considéré comme étant l'assassin présumé, avait-il décidé de tuer tous les convives ? Où se cachait-il ?

Cinquante ans après ce drame, il est toujours invisible... est-il seulement encore en vie ?

Concernant cette affaire, ces questions sont toujours posées.

Des morts bénéfiques !

Pourquoi ? Pourquoi le secteur des hauts-plateaux est-il si dangereux ?
Que ce soit dans les lacs ou les retenues, régulièrement, des baigneurs imprudents y perdent la vie. Les grosses variations de température de leurs eaux y sont pour beaucoup. Douces, puis fraîches en bordure, lorsque vous vous enfoncez, en moins d'un mètre elles deviennent glaciales. Mais est-ce que ces imprudents sont les seuls à succomber aux plaisirs de la baignade ? Non, d'autres aussi y passent et malheureusement y trépassent, mais il est rare d'en entendre parler... Ce qui est encore plus étonnant, c'est que l'on attribue ces décès aux étrangetés des habitations troglodytes situées près du lac d'Issarlès. Mais pourquoi faire ce mortel rapprochement, alors que, jusqu'au début du vingtième siècle, l'une servait d'habitation au gardien du lac et l'autre de remise.
En un temps où les morts étaient fréquentes, une d'entre elles permit à la sorcière de Montpezat-Sous-Bauzon de conclure un accord sacré avec les entités du fond du lac, et ce, dans ces singulières habitations.

Durant l'été 1926, un enfant d'une dizaine d'années jouait au bord de l'eau avec deux de ses camarades. Comme presque tous les enfants, il jetait des cailloux le plus loin possible dans le lac. À son âge, celui-là n'était pas encore un champion, mais il avait quand même un bon coup de bras qui était suivi d'un excellent coup de poignet. D'ailleurs, le domaine dans lequel il excellait, c'était en nombre de ricochets qu'il arrivait à faire avec une pierre plate, mais pas trop non plus, de manière à ce qu'elle ne vire pas sur la tranche. Son record était de vingt-huit biens francs. On les appelait ainsi, car ceux dont le rebond commençait à se confondre avec l'eau ne devaient pas être comptabilisés, c'était la règle.

Était-ce la faute à l'un de ces cailloux qui choqua malencontreusement la tête d'une des entités ? À moins que ce soient les cris des enfants qui l'aient par trop agacé ? Toujours est-il que la rage le prit au point de créer une grosse vague qui vint brusquement balayer ces corps encore trop frêles pour y résister. Mais c'est en se retirant que la vague fut mortelle. Elle les emporta dans ses écumes, sans leur laisser la possibilité de reprendre leur souffle et de plonger dans le corps de celle-ci. En effet, c'était la seule façon de pouvoir en ressortir sans être mortellement balloté, tourné et retourné dans cette eau glacée.

Deux des trois périrent immédiatement après avoir inspiré une grosse quantité d'eau. Pourtant, ce n'étaient pas les plus gringalets. Le troisième, le fameux lanceur à ricochet, sentant ce qui allait se passer, se mit immédiatement en boule et se pinça le nez. Bien lui en prit, car lorsqu'il sentit que les effets de la vague s'étaient dissipés, il se trouva être à trois mètres sous la surface, ce qui lui permit de remonter avant que ses poumons ne s'offrent à l'eau poissonneuse du lac.

Heureusement, son oncle lui avait appris à nager. Il était d'ailleurs le seul de cet âge-là qui soit capable de faire plus de vingt mètres sans couler. Il revint sur la rive, tranquillement, sans faire trop d'efforts, afin de ne pas être épuisé avant de sentir le sol sous ses pieds.

Au loin, il entendit hurler la fermière qui faisait paître ses vaches. Le gamin la regarda descendre en courant, comme elle le pouvait avec ses sabots. Il était conscient que dans quelques instants elle allait se rendre compte que le survivant n'était pas son fils. Sur la route, une carriole s'arrêta et un homme jeune et vigoureux s'approcha de l'enfant en courant. Il lui demanda où étaient les autres... c'était le grand frère du troisième. Il plongea dans l'eau avec l'espoir de pouvoir le repêcher.

Il fit surface et replongea, et encore, et encore… il le fit jusqu'à ce qu'épuisé, il ne puisse plus retenir sa respiration.

Le survivant demandait à tous les présents pourquoi cette vague était sortie du lac, question face à laquelle aucune réponse cohérente ne pouvait être donnée. À chaque nouvel arrivant il la posait, qui sait, des fois que… le maire, le curé, l'instituteur, aucun ne pouvait expliquer pourquoi et comment ce phénomène s'était produit. C'est dans ces situations-là que le garçon regrettait le plus la mort de son père. Lui, il aurait certainement pu répondre à cette question. En effet, tous les jours, sans en oublier un seul, le soir, à la lumière de la bougie et de la flamme du feu de bois, il lisait la philosophie. À côté de lui, pour l'aider, disait-il, trônait le dictionnaire.

Deux jours après les enterrements sans corps, de très bonne heure, la mère du survivant emmena l'enfant par la main. Elle le fit monter dans la carriole et prit la direction de Montpezat-Sous-Bauzon. Le garçon avait bien demandé ce qu'ils allaient y faire, mais la mère avait répondu évasivement qu'ils devaient aller voir une connaissance. Trente kilomètres ! Le garçon le savait bien, car il avait déjà accompagné, à pied, les conscrits qui avaient décidé d'aller y faire la fête. Heureusement, ils avaient trop bu, ce qui les obligea à ne remonter que le lendemain. Sept heures pour descendre et neuf pour remonter… ses pieds n'avaient pas du tout apprécié. Heureusement, en carriole c'était moins désagréable.

Avant d'arriver à Montpezat, la mère sortit de la route principale et emprunta un petit chemin caillouteux sur lequel la carriole bringuebala encore un gros kilomètre. Le garçon était soulagé d'être enfin arrivé, car sur cette carriole, il n'y avait pas d'amortisseurs et il avait vraiment mal aux fesses et au dos. Quant au mulet, son attitude indiquait clairement qu'il fallait faire une vraie pause.

Lorsqu'ils pénétrèrent dans la maison, au premier coup d'œil le garçon comprit qu'il se trouvait chez une sorcière. Une multitude de bocaux en verre laissait apparaître de bien étranges choses. Bien sûr, il y avait des vipères, dont certaines étaient parées de couleurs comme il n'en avait jamais vu auparavant. Il y avait aussi des crotales, il les reconnut parce qu'il les avait vus dans le dictionnaire, et même un cobra royal avec le capuchon déployé. D'ailleurs, celui-là était tellement long qu'il se trouvait enroulé dans une biche de verre de plus de 60 cm de diamètre. Il y avait aussi des araignées, des comme on n'en voit pas dans notre pays, ni même sur notre continent. Comme il en regardait une avec insistance, la sorcière lui indiqua sa particularité... elle lui dit que tout était expliqué dans son nom « l'araignée des sables à six yeux », son venin est mortel. Il y avait aussi une veuve noire et plusieurs araignées-banane qui sont, paraît-il, très recherchées par les hommes... Mais tous ces animaux pourraient être qualifiés de « banals » en comparaison de ce qu'il y avait dans les bocaux bien alignés au fond de la pièce. Toute une collection de nouveau-nés mal formés et, pour couronner le tout, des têtes. Des têtes réduites, des têtes séchées, des têtes bizarroïdes et aussi celles d'un homme et d'une femme tout à fait normales et particulièrement bien conservées. Était-ce la raison pour laquelle elles étaient cernées, noyées, enliassées de plantes de toutes sortes ?

    Chose bizarre, l'odeur qui régnait dans ce lieu de maléfices était très agréable. Forte et douce à la fois, une fois sentie, vous saviez qu'il allait être très difficile de vous en séparer. Ici, tout était étrange... comme la sorcière qui était loin, très loin de ressembler à celles des récits contés lors les veillées. On s'attendait à la voir vieille, sèche et édentée ? Mais non, pas du tout. Elle avait entre trente et quarante ans et était dotée d'un joli physique ainsi que d'un visage agréable, voire, très agréable. Sa voix était douce et les mots qu'elle prononçait ne cachaient aucun sous-entendu.

    Elle fit asseoir l'enfant sur un tabouret et lui demanda de se redresser. Il devait la regarder bien droit dans les yeux. C'est ce qu'il fit le mieux possible, car il est très difficile de regarder quelqu'un dans les deux yeux sans faire un choix, et finalement, sans focaliser sur un des deux. Malgré sa gymnastique oculaire qui, dans un contexte différent, aurait pu prêter à sourire, la sorcière ne se déconcentra pas... et en un instant, il la sentit se frayer un chemin jusqu'au plus profond de son cerveau. Plus tard, lorsqu'il accepta de parler de cette expérience, il se rappela avoir ressenti une sensation indéfinissable avec des mots. Elle le visitait sans qu'il en soit gêné. Elle ne le forçait pas... aussi, lorsqu'elle rencontrait un point dur, elle le contournait avec douceur. Ce qu'elle venait chercher se trouvait être dans sa mémoire, il fallait simplement qu'elle prenne le temps de le trouver sans que l'hôte ne se sente agressé. Une fraction de temps, car ce qui se passe dans le cerveau semble ne correspondre en rien à la notion de temps que nous connaissons. D'ailleurs pour l'enfant qui n'était que spectateur, elle était totalement indéfinissable. Ainsi, une fraction de temps avant la création de la vague, la sorcière ressentit un lien, une communication entre le lac, plus précisément entre les entités du lac et le garçon. Seulement voilà, elle comprit que cette communication, pour le moins hors-norme, était non seulement incompréhensible par les entités et le garçon, mais qu'elle les avait effrayés au-delà de l'imaginable.

Il est bien connu que la peur et l'incompréhension ne font pas bon ménage, que l'un accentue l'autre, et qu'encore plus effrayé, l'autre pousse à son paroxysme la première. Effroi prisonnier de cette spirale infernale... afin de réduire à néant cet épouvantement, une catastrophe devait nécessairement se produire. Mais l'histoire s'était-elle arrêtée là ? Non, car les deux éléments générateurs étaient toujours présents et aucun ne pouvait, de son propre chef, dompter ce chaos.

Une fois revenue dans notre espace-temps, la sorcière mit son doigt devant sa bouche, afin qu'aucun son ne soit prononcé, et alla s'asseoir sur un vaste fauteuil positionné face au foyer de la cheminée. Elle semblait regarder les flammes danser. Elle semblait suivre de la tête l'âme du feu, se donner à elle, accepter d'être hypnotisée par cette agréable puissance.

Il fallut presque cinq minutes pour qu'elle sorte de cet état second. Elle le fit en affirmant d'un ton posé :

« Je sais ce qu'il faut faire. »

La semaine suivante, on la vit faire plusieurs fois le tour du lac. D'abord dans un sens, puis dans l'autre, et elle en but à plusieurs endroits une lampée. Elle lui parla aussi, mais en utilisant un langage que seuls les sorciers comprennent.

La semaine d'après, elle vint trouver la mère du garçon. Elle manda expressément la présence de celui-ci et, sans tourner autour du pot, elle proposa une rencontre entre les entités du lac et le gamin. Ce n'était pas la frayeur qui, à cet instant, se lisait dans les yeux de l'enfant, mais l'horreur dans toute sa splendeur. La sorcière lui expliqua qu'il n'allait pas se trouver en relation directe avec les entités, mais que c'était elle qui allait assurer la communication. Pour régler définitivement le problème, il fallait simplement que les deux parties se tolèrent sans se laisser posséder par la peur et acceptent enfin de se faire confiance. Elles n'avaient aucune raison ni aucun intérêt à se tourmenter, aussi, pourquoi s'épouvanter ? Pour le plaisir de se faire mal en se faisant horriblement peur ? Qui plus est, il fallait qu'elles comprennent que le danger de la situation, tel qu'il s'était exprimé il y a quelques semaines, allait nécessairement se reproduire si l'accord de paix n'était pas validé. Il y aurait encore des morts et jamais cela ne s'arrêterait tant qu'une volonté commune de cesser ne serait pas confirmée. Il prit quelques minutes, le temps d'apaiser ses affres, puis accepta d'une voix qu'il voulut sereine, mais celle qu'il entendit n'était pas aussi calme qu'il l'espérait.

La rencontre se fit un soir, par temps clair. Bien sûr, la nuit allait être fraîche, il valait mieux se couvrir plutôt que d'être trempé et de sentir le froid humide vous pénétrer. Le garçon était seulement accompagné de la sorcière, c'était une des règles qui s'était imposée. La mère du petit ne devait même pas se tenir à distance raisonnable. De leur côté, comme les entités ne pouvaient pas se séparer les unes des autres, elles s'engagèrent à ne pas laisser paraître leurs éventuels désaccords et à ne parler que d'une seule et même voix.

Concernant la situation de la sorcière, celle-ci était pour le moins délicate. Il suffisait qu'elle fasse une petite erreur d'interprétation des propos émis par les entités, pour que la guerre soit pour longtemps une réalité. Seule son expérience lui permettait de traduire les émissions générées par ces non-humains. En effet, leur langage n'était pas sonore, mais mental. Heureusement, sa préceptrice l'avait d'abord initiée à ce système de communication, puis elle l'avait mise en situation de gérer elle-même des discussions. Elle en avait donc une certaine expérience.

Ainsi, à plusieurs reprises, elle s'était aperçue qu'il était difficile de bien différencier les discussions entre entités de la synthèse qui lui était destinée, et plus encore de les traduire en langage humain sans trop les dénaturer.

Bien sûr, la présence des entités n'était pas, non plus, de nature physique, on les ressentait comme un mélange de bien-être et de mal-être très perturbant, surtout pour le jeune garçon.

Deux heures... il leur fallut deux heures pour parvenir à un accord qui pouvait se résumer ainsi :

- Plus de lancers directs de cailloux. Par contre, avec grand plaisir des ricochets.

- Pas de frappe de la surface de l'eau, mais autorisation de promenade en bateau à l'aide de rames.

- Pas de bruits intenses très aigus et surtout pas de frappe de tambours en cadence, mais autorisation de fêtes et d'autres distractions.

- Interdiction formelle de plonger dans le but d'atteindre le fond du lac, même pour rechercher les ruines de l'ancien Issarlès.

- En compensation, les entités s'interdisent de générer des vagues, que ce soit pour s'amuser ou par colère.

Depuis cette rencontre, plus aucune vague ne sortit du lac d'Issarlès.

La sorcière fut surprise de la bonne tenue du garçon. Malgré son jeune âge et la nature de la situation, pour le moins particulière, il était parvenu à traiter le contexte avec sérieux et autorité. Aussi, sans attendre, elle proposa à sa mère de l'initier à la bonne sorcellerie, celle que l'on nommait par facilité : « La sorcellerie blanche ».
La mère présenta cette proposition au garçon, et devinez ?
Il l'accepta sans prendre le temps de la réflexion.

Un vacancier à éviter

S'il est un département qui, en été, reçoit beaucoup de touristes, c'est bien l'Ardèche.

Maintenant, ces visiteurs sont-ils toujours bien intentionnés ? Non, certainement pas. Il n'y a aucune raison qui ferait que le mauvais bougre d'hiver devint un bon gars en été.

L'histoire que je vais vous conter se déroule dans le sud-est d'Aubenas, dans un village dont le cœur n'a pas bougé depuis la Révolution.

Cette année-là, malgré un temps mi-figue mi-raisin, comme à leurs habitudes, les vacanciers envahirent la moindre parcelle de terrain libre. Que ce soit pour y mettre des tentes, des camping-cars (neufs, moyens ou franchement déglingués) ou pour un simple sac de couchage allongé sur le sol, tous les accessoires étaient bons pour indiquer que ces mètres carrés-là étaient occupés.

Parmi tous ces gens qui venaient là pour se changer les idées en prenant du bon temps, il y en avait un qui, à première vue, ne dénotait pas des autres, et pourtant...

S'il fallait le décrire, un seul mot lui irait comme un gant : « banal » ! Tout en lui évoquait la banalité. De taille moyenne, elle allait bien avec sa grosseur qui elle aussi était moyenne. Il n'était pas musclé, mais pas chétif pour autant. Son visage n'attirait pas l'attention et sa coiffure était... comment la décrire ?... Banale ! Oui, c'est ça, banale.

Comme tout en lui était commun, sans intérêt, il aurait pu décider de s'attarder à ses effets vestimentaires, mais non ! Des chaussures au chapeau, tout en lui affichait son « rien »... même dans va vêture il était parvenu à se rendre invisible. Vos yeux passaient sur lui sans s'arrêter et si, une seconde plus tard, une question vous était posée sur sa personne, vous étiez incapable de répondre, même de vous souvenir l'avoir vu. Insipide, anodin, incolore, et même inodore !

Est-ce que cela le dérangeait ? Non, pas du tout... au contraire. D'ailleurs, s'il avait voulu sortir de cet anonymat, il aurait trouvé le moyen de se faire remarquer. Non, son raisonnement était clair comme de l'eau de roche, il était de nature commune, soit ! Et puisqu'il était ainsi, il allait l'être totalement. En effet, pourquoi chercher à contrarier ce que la nature lui a donné ? Certains étaient grands, beaux et musclés, d'autres étaient laids et repoussants, lui était rien... Aussi, non seulement il fallait qu'il s'en accommode, mais il fallait aussi qu'il parvienne à en tirer profit ou au moins du plaisir. Dès l'enfance, il le comprit. Alors, rapidement, il élabora et testa différentes possibilités. Certaines n'aboutirent à rien d'intéressant et d'autres échouèrent lamentablement. Cela lui permit aussi de constater que même le ridicule ne restait pas accroché à son personnage. Non seulement le rire ne restait pas, mais la moquerie était encore plus rapide à se dissiper. On ne rit pas ni ne se moque d'un « Rien » !

Fort de ce constat, monsieur Rien apprivoisa la chose, puis il apprit de celle-ci. Puisqu'on ne le voyait pas, finalement, il n'avait aucun intérêt à faire le bien puisqu'il n'en serait pas récompensé ! Aussi, il s'orienta vers le mal. Finalement, quoi de plus gratifiant qu'être un excellent mauvais puisque personne n'allait le soupçonner ! Ainsi, il apprit à être un ignoble personnage. Mais comme dans tout, lorsqu'on fait quelque chose, il faut le faire bien. Aussi, il devint bon, très bon, et même excellent, dans son domaine.

Il n'avait ni femme ni enfant et aussi peu d'amis. Ses parents ? Il ne les avait pas vus depuis... et honnêtement (mot qui pour lui était une insulte) « il ne s'en souvenait pas ». D'ailleurs, il n'était pas certain de pouvoir les reconnaître s'il les croisait dans la rue.

Aujourd'hui, il a quarante ans. C'est un beau chiffre, bien rond... un chiffre qui laisse supposer qu'il doit se trouver sensiblement dans le milieu de sa vie. Aussi, il a décidé de se faire un petit plaisir. Aller manger au restaurant ? Non, ce serait chercher à s'afficher, chercher à se faire remarquer. En réalité, ce serait lutter contre sa nature profonde. Il pourrait, comme à son habitude, voler ou escroquer, mais cela ne sortirait pas de l'ordinaire. Non, aujourd'hui, l'acte qu'il s'offrira sera de l'ordre du gravissime. Un an, il le prépare depuis un an. Achat du matériel, acquisition de l'expérience par utilisation régulière... voilà, maintenant il sait ce dont il est capable. Il connaît ses limites ainsi que celles de ses équipements, quant aux paramètres de ceux-ci, il les maîtrise parfaitement.

Il a choisi sa cible au hasard, il ne sait même pas ce qui a été déterminant dans sa décision. Il l'a croisé dans la rue et il s'est dit « *Ce sera lui* ». Soixante-dix ans, peut-être un peu plus, petit, bedonnant. Il ne s'est pas arrêté pour l'observer ou pour l'écouter, non, cela ne l'intéressait pas. Il l'a suivi de loin, jusqu'à son domicile. La classique maison d'un cadre supérieur à la retraite. Il a fait demi-tour, a garé sa petite voiture, a pris son matériel, puis il est monté sur la colline voisine, là où il n'y a aucun accès qui soit simple, là où par chance il n'a repéré aucun petit sentier formé par le passage habituel d'enfants en découverte. Il s'est installé avec attention et s'est mis en position pour évaluer la situation... c'était tout à fait convenable, pas parfait, mais suffisamment bien.

Il attendit que la nuit commence à tomber. Il voulait que la luminosité se situe entre chien et loup.

Il se mit en position de tir. Distance : 200 mètres. Vent : 10 km/h Nord. Humidité correcte. Son fusil à lunette est de qualité moyenne, mais suffisante. Il correspond à ses besoins, très performant pour les tirs inférieurs à 300 mètres. Ses balles, il les fabrique lui-même. De cette manière, il s'affranchit de tous les problèmes inhérents aux phénomènes de stockage dans un environnement inadapté. Mais ce n'est pas la seule raison, cela lui permet aussi de parfaitement doser la quantité de poudre en rapport du projectile. Ainsi, il peut faire en sorte que la vitesse de celui-ci soit légèrement inférieure à celle du son. Grâce à cette précision, il n'a pas besoin d'utiliser un silencieux pour atténuer le fameux PAN lorsque la balle traverse le mur invisible. Il aime bien s'amuser des conséquences de la fluctuation de chacun des paramètres.

La cible vient d'allumer sa terrasse, il prépare un barbecue. Il se sert un apéritif tandis que sa femme, sa fille et son beau-fils pataugent encore dans la piscine... pas de gamins en vue.

Face à son fourneau d'été, son cadeau d'anniversaire lui offre un dos libre de tout obstacle. Le cœur, la tête, le foie... il serait plus près, il choisirait la colonne vertébrale. Le foie, ce sera le foie. Douloureux et la mort survient dans le quart d'heure... enfin, en théorie, si son tir est parfait. Il sait que dans ce système-là, la certitude ne peut pas toujours être au rendez-vous. Mais... c'est son anniversaire ! Aussi, il a le droit de s'amuser un peu.

Il vise, bloque doucement sa respiration et effleure la gâchette. Il l'a limée à la limite du raisonnable. Il sent la secousse contre son épaule...

Là-bas, la cible vient de s'écrouler. Il gît au milieu des saucisses et des côtelettes qu'il a renversées. Les baigneurs se précipitent... en quelques secondes la situation est évaluée et, tandis que le beau-fils appelle les secours, la fille indique à la mère que la fin est proche. Elle a visiblement des connaissances en médecine.

Monsieur Rien rangea méthodiquement son matériel et quitta tranquillement le site.

Le sourire aux lèvres, il se remercia pour ce magnifique cadeau.

Elle était simple et heureuse

Assise dans un coin, sur les marches d'escalier de la bibliothèque, elle lit. Elle est totalement plongée dans l'histoire qu'elle tient entre ses mains. Certains le font sans rien laisser paraître des émotions qu'ils ressentent, par contre, d'autres sont plus expressifs. C'est le cas de Bénédicte. Elle sursaute, se lève, s'assoit... sa main repousse brutalement quelque chose ou quelqu'un ! Lors de ses lectures, elle vit physiquement les histoires. Parfois, c'est amusant, mais d'autres fois... oui, d'autres fois, il faut bien avouer que cela peut être un peu gênant ! Imaginez l'attitude qui se dégage d'elle lorsqu'elle lit une déclaration d'amour ! Et c'est sans parler d'un acte sexuel particulièrement bien décrit !

Dans ce petit village, tout le monde la connaît. Par les jeunes, elle est surnommée « La Bredine ». Selon le ton et la situation, cela peut être gentillet ou carrément vexant. Les anciens ont une autre attitude, ils ont tendance à la réprimander. Les jeunes affirment qu'ils se sentent coupables de ses manques. Elle a trente-cinq ans, enfin, c'est ce qui se dit par ceux et celles qui ont sensiblement son âge. Ceux-là sont très attentionnés avec elle. Ils là protègent, lui évitent autant que possible qu'elle se retrouve en situations difficiles. Il faut dire que concernant toutes ces choses-là, Bénédicte n'y prête aucune attention. Elle, tout ce qu'elle veut, c'est pouvoir vivre par procuration d'autres histoires que la sienne. Effectivement, Bénédicte est limitée... non, en réalité, elle est très limitée.

De cette situation, elle semble n'en avoir que deux problèmes : son manque de retenue, et sa beauté. Et il faut bien avouer que parfois ils se complètent. En effet, si vous la voyez pour la première fois se promener dans le village, votre regard sera d'abord irrésistiblement attiré par sa silhouette que beaucoup qualifient de parfaite, puis ce sera par la beauté naturelle de son visage qui n'est jamais retouché. Bien sûr, très rapidement vous comprendrez qu'elle est différente, et c'est cette différence qui est parfois exploitée par de mauvaises personnes. Il est arrivé plusieurs fois qu'elle se retrouve entre les mains protectrices des gendarmes, et que ceux-ci signalent la situation au juge afin qu'elle soit protégée de et par notre société. Seulement voilà, elle a la malchance de se trouver à la limite de tout, sans jamais les franchir ces fameuses limites. Elle est bredine, certes, mais pas suffisamment. Elle ne peut pas être qualifiée de responsable de ses actes, mais n'en est pas irresponsable pour autant. D'ailleurs, elle sait lire et comprend parfaitement ce qu'elle lit, mais elle est totalement incapable de s'exprimer par écrit et, honnêtement, très difficilement à l'oral alors qu'elle est dotée d'un magnifique timbre de voix. Bien sûr, parée de cet atout, elle chante dans la chorale du village et sa mémoire est infaillible lorsqu'il s'agit de retenir une chanson.

Maintenant, si vous abordez le sujet de ses parents, elle vous dira qu'elle n'en a pas... En réalité, alors qu'elle était bébé, elle a été abandonnée sur le parvis de l'église et recueillie puis adoptée par la grenouille de bénitier du curé, celle qu'elle appelle nounou.

Vous l'avez bien compris, pour ce cas-là, la justice est tout simplement incapable de l'aider. Il est arrivé plusieurs fois qu'on abuse d'elle, mais jamais la notion de viol n'a pu être établie. En effet, même si au début elle ne voulait pas, elle était trop contente qu'on s'intéresse à elle et, finalement, durant l'acte, elle disait qu'elle y prenait un certain plaisir ou que ce n'était pas si désagréable que ça... ou qu'elle avait oublié. Était-ce la réalité ? Nul ne le saura, car elle a la chance de pouvoir perdre très, très rapidement le souvenir des épreuves qui la rendent malheureuse. Aussi elle est simple et heureuse, enfin, elle l'était jusqu'à ce qu'un événement particulier se produise...

Cet après-midi-là, Bénédicte sortait de la bibliothèque où elle venait de rendre le livre qu'elle avait terminé juste avant d'entrer dans ce sanctuaire. Elle sortit de sa poche le papier sur lequel sa nounou avait noté ce qu'elle devait faire. Il était écrit :

« En sortant de la bibliothèque, aller ramasser des mûres en prenant le chemin situé à droite de la fontaine qui sort du rocher. »

Autant pour certaines choses, sa mémoire était infaillible, autant pour d'autres elle était voisine de zéro, et l'orientation en faisait partie. Elle alla donc à la fontaine qui sort du rocher, s'arrêta devant, relut son papier et prit le chemin de droite en regardant avec attention les mûriers-ronces. Elle avait toujours un petit sac plié dans sa poche, pour le cas où... enfin, si besoin. Elle en cueillit et en mangea au moins autant. Les doigts et les lèvres bien colorés, elle s'apprêtait à redescendre lorsqu'elle entendit un pas lourd qui descendait du col. Elle regarda l'homme qui venait vers elle et se dit qu'elle ne l'avait jamais vu... ou qu'elle ne s'en souvenait plus. Arrivé à sa hauteur, il la salua et lui demanda si elle était la Bénédicte, celle dont tout le monde parle. Étonnée, elle acquiesça et lui demanda pourquoi on parlait d'elle...

« Ben... je suppose que c'est parce que tu es une bien agréable personne !

- C'est gentil, mais je suppose que je suis comme tout le monde... Oui, non ! Peut-être pas... c'est vrai que je ne suis pas comme les autres, enfin, pas toujours... pas tout le temps... bon, pas pareil de temps en temps.

- Ne cherche pas Bénédicte, tu es comme tu es, et tout le monde pense que cette Bénédicte-là est très agréable.

- C'est gentil, oui, c'est très gentil... dit-elle en se tordant les mains. Vous voulez quelques mûres, je viens de les ramasser ?

- Avec plaisir ! »

Lorsqu'elle lui tendit les deux mains pleines de mûres, en lui faisant ce don orné d'un magnifique sourire, il ne les prit pas, mais plongea directement la bouche grande ouverte dans ses mains. Qu'elle ait été surprise par cette manière de faire ! Ce n'était pas la réalité, en vérité, elle en fut choquée. Puis, lorsqu'il se redressa et qu'il prit ses hanches entre ses mains pour l'attirer contre lui, elle se sentit agressée comme elle ne l'avait jamais été auparavant. Quel couillon ! Il avait peut-être entendu parler de sa beauté et de sa gentillesse, mais visiblement pas du reste ! Afin de lui donner un minimum de protection, les gens du village et les gendarmes avaient trouvé utile de lui apprendre à se défendre. Rien de compliqué, mais ce qu'il fallait pour repousser les agressions de nature sexuelle. Et aujourd'hui, cet homme qui lui faisait peur voulait abuser d'elle, abuser d'une simplette… il allait en payer le prix fort.

Elle le regarda droit dans les yeux… et dans la seconde qui suivit, elle le vit faire une drôle de mimique. Elle venait de lui donner un coup de genou sec, puissant et non superficiel dans ce que l'on nomme « les parties sensibles de l'homme ». Elle poussait… tant que son genou pouvait s'enfoncer, elle poussait, encore, et encore… elle le fit jusqu'à ce que ce drôle de personnage s'écroule. Il avait du mal à respirer, la bouche à moitié ouverte il gémissait, ses deux mains serrées entre ses jambes. Ses yeux lui sortaient des orbites… elle fut surprise qu'un visage puisse changer aussi rapidement d'aspect ! Elle regarda avec dégoût ses mains maculées de mûres écrasées mélangées avec la bave de cet homme et les essuya sur la chemise du gémissant. Ne sachant pas ce qu'elle devait faire, elle ramassa son sac et partit avec l'idée de mieux se laver les mains dans l'eau de la fontaine qui sort du rocher.

Elle le fit soigneusement, et, satisfaite, elle rentra chez sa nounou. Dès que la vieille dame la vit, elle sut qu'il s'était passé quelque chose de grave. Délicatement, elle lui demanda pourquoi elle était dans cet état. Bénédicte se mit à raconter en essayant de ne pas trop en oublier.

Immédiatement, la vieille dame appela la gendarmerie et expliqua ce qu'il venait de se passer en désignant le mieux possible l'endroit où l'agresseur devait se trouver.

Une heure après, l'estafette de la gendarmerie se garait devant le presbytère. Le maréchal des logis expliqua à Bénédicte que son agresseur n'en était pas à son coup d'essai. Il avait déjà été condamné à deux reprises pour attouchement et tentative inachevée de viol. Mais cette fois, la situation était différente... Les gendarmes avaient bien trouvé l'agresseur à l'endroit indiqué, mais il était sans vie. Il était bien couché sur le côté, la bouche ouverte, les yeux qui lui sortaient des orbites, il avait toujours les deux mains contre son entrejambe, mais il était mort.

Ils prirent sa déposition et l'informèrent que le juge d'instruction n'avait pas jugé nécessaire de la priver de liberté jusqu'au procès.

L'autopsie détermina sans erreur possible que l'origine de la mort était due à l'explosion des testicules. Cela avait mis cet homme en état de choc, situation qui semblait avoir provoqué un arrêt du cœur. Lors du procès, le juge détermina que la réaction de Bénédicte ne visait pas à tuer son agresseur et qu'elle était proportionnée à la situation. Elle sortit libre du tribunal.

Toute la population du village était soulagée, et tous, sans exception, redoublèrent de petites attentions afin d'atténuer les éventuels effets dont Bénédicte risquait de souffrir. Mais le temps n'y changea rien, elle n'était plus la Bénédicte que tout le monde connaissait. Elle suivit une psychothérapie, mais celle-ci semblait ne pas avoir d'effet sur une personne dotée de sa particularité... une personne simple et jusqu'à présent heureuse. La raison de son profond changement était due à la perte de son innocence face à la notion de souffrance résiduelle. Elle était choquée d'avoir tué un homme, fût-il un mauvais, un très mauvais personnage. Elle tomba en profonde dépression et subit un traitement médicamenteux très puissant afin de compenser son évident besoin de se donner la mort. Elle n'arrêtait pas de dire qu'elle méritait de subir le même sort que l'homme qu'elle avait tué.

Un an plus tard, alors qu'elle était internée au centre de Sainte-Marie, à Privas, un matin, elle fut retrouvée morte sur son lit, dans sa cellule.

Son visage était serein, beau, et paré d'un immense sourire… comme il l'était avant le drame, comme il l'était dans la vie de tous les jours de cette femme simple et heureuse.

Une nouvelle orientation

Cette famille arriva en Ardèche quelques mois après que Napoléon Bonaparte « Libéra » le nord de l'Italie des envahisseurs. Peut-être les libéra-t-il, mais il considéra que cette liberté avait un prix. Les taxes et impôts qu'il ordonna furent si importants que les soi-disant libérés n'eurent même plus de quoi se nourrir. Plutôt que de s'épuiser au travail et de laisser mourir de faim leur famille, beaucoup traversèrent les Alpes et une partie d'entre eux s'installa en Ardèche. Rudes au travail et discrets, ils s'intégrèrent très rapidement. Toutefois, comme dans toutes les immigrations, il est rare que ces gens-là changent de nature profonde en traversant une frontière. Aussi, se trouvaient-ils parmi eux des bandits et autres malveillants.

L'une des familles avait emmené dans ses bagages la faculté de nuire de multiples façons sans se montrer ni faire parler d'elle autrement que par sa bonne volonté au travail. Le jour, ils travaillaient et, le soir, la nuit, et même le petit matin, ils volaient sans rien laisser paraître. Aucun recel, aucun signe extérieur de richesse acquis rapidement. Ils travaillaient dur et leurs achats et acquisitions étaient toujours dans la limite des habitudes de la population locale. Par contre, rapidement, ils acquirent des biens et propriétés à l'étranger. Ce fut d'abord en Italie, puis, par un effet boule de neige parfaitement adapté à la situation, dans tous les pays situés autour de la Méditerranée. Bien sûr, il n'était pas rare de les voir quitter l'Ardèche pour soi-disant retourner au pays ! Vous auriez suivi le périple de Gino, vous auriez pu le retrouver en Grèce, occuper une magnifique villa et vivre très agréablement des juteux bénéfices qu'offrait l'import/export. Chaque nouvelle installation structurait efficacement un réseau.

Mais pourquoi créer un réseau si ce n'était pas pour l'exploiter au maximum de ses possibilités ? C'est ce qu'ils firent et, comme à leurs habitudes, sans prendre de risque.

Ils se spécialisèrent dans l'enlèvement de membres de familles aisées, mais pas trop connues, afin de ne pas mobiliser outre mesure les polices et armées. Aussi, avant chaque enlèvement, une enquête précise et minutieuse était menée afin de ne jamais se trouver en situation de devoir affronter directement des forces organisées. Pour autant, il arrivait que cela ne se déroule pas tout à fait de la manière dont il l'avait supposé...

Depuis longtemps, Annonay brillait par ses capacités d'innovation et d'invention, ce qui la faisait rayonner bien au-delà de sa profonde vallée. Aussi, lorsque le développement était au rendez-vous, les bénéfices ne restaient pas sous les matelas et les banques en profitaient pleinement.

Par une belle soirée de début d'été, le fils du directeur d'une banque nouvellement installée fêtait dignement et abondamment sa vingtième année. Amis et amies grouillaient, la musique et les alcools faisaient que l'insouciance régnait en princesse délurée.

Ce fut sur les douze coups du midi suivant, alors que les maux de tête cherchaient désespérément à faire taire toutes les paroles et les sons trop puissants, que l'on se mit à chercher le fils prodigue. Bien sûr, l'alerte ne fut pas donnée immédiatement, car tous pensèrent qu'il avait fini la soirée en bonne compagnie et qu'il avait besoin de temps pour retrouver ses esprits. Qui sait, il était même possible qu'il fasse connaissance avec la ou les filles avec qui il se trouvait au lit ! Cela n'aurait rien d'extraordinaire, car tous savaient qu'il en avait une grande habitude. Ce fut en fin d'après-midi que la police fut alertée, lorsque les proches et habitués de ses frasques furent incapables de donner la moindre information sur l'endroit où il pouvait se trouver. Le temps passait et celui de parvenir à convaincre la police qu'il n'était pas en train de cuver dans un coin ne fut pas négligeable. Aussi, lorsqu'elle s'intéressa vraiment à cette affaire, qu'il fallait bien maintenant se résoudre à qualifier de disparition ou d'enlèvement, 24 heures s'étaient déjà écoulées et tous pensèrent que le fils ne devait plus être sur le territoire français.

Avec le temps et beaucoup d'eau, sa gueule de bois commençait à lui laisser entrevoir le sérieux de la situation. Il était peut-être un fêtard, mais ce n'était pas pour autant un imbécile. D'ailleurs, si rien ne venait l'empêcher, il allait terminer ses études de droit avec un an d'avance et s'atteler aux systèmes financiers. Il avait pour objectif de diriger la banque que son père avait créée dans une petite dizaine d'années. Joli parcours en perspective, mais, dans l'immédiat, il se trouvait être entre les mains de malfrats de haut vol, car il était évident qu'en matière d'organisation l'étudiant avait tout à apprendre d'eux. Étonnement, il n'avait pas à demander… dès qu'il sentait qu'un besoin allait se faire sentir, comme par magie, il se trouvait être satisfait.

Pour l'instant, tout ce qu'il savait de la situation, c'était qu'après les routes caillouteuses, il se trouvait maintenant en mer. Comme sur tous les bateaux, les accents des marins qu'il entendait lui indiquaient qu'ils étaient originaires de quatre ou cinq pays différents.

Il n'avait rien d'autre à faire qu'attendre, ce qui n'était pas son fort…

À Annonay, c'était le branlebas de combat. Seulement voilà, l'invisible adversaire ne s'était toujours pas manifesté. Le commissaire de police décida d'envoyer une alerte dans tous les commissariats de France, tout en étant parfaitement conscient que, s'ils avaient quitté le pays, l'effet en serait très limité. Mais, même si restreint, il voulait absolument prendre la main sur cette affaire. Ce qui l'inquiétait le plus c'était de ne pas en maîtriser la temporalité. En effet, plus le temps passait sans qu'ils reçoivent une demande de rançon, moins il y avait de chance de retrouver le fils en vie... mais il y avait aussi la possibilité que les kidnappeurs attendent patiemment que la cible arrive à sa destination pour prendre contact. Dans ce cas, cela signifierait qu'il n'était plus sur le territoire. Il ajouta à sa liste des destinataires de l'alerte, les polices portuaires et les polices fluviales. Cela allait prendre du temps, mais, pour l'instant, il pouvait se permettre d'en perdre un peu puisqu'il n'avait aucune autre information à traiter que de retrouver l'ensemble des fêtards et de les interroger. D'ailleurs, dans ce lot, il y en avait forcément un d'impliqué, mais allait-il le retrouver vivant ? En réalité, il était quasi certain du contraire, mais la piste allait au moins être ouverte.

Deux heures plus tard, les adjoints du commissaire jurèrent qu'ils ne l'avaient jamais entendu pester de cette manière. Ils avaient bien retrouvé le corps de l'un des fêtards... mais dans la morgue de l'hôpital. Au petit matin, comme il ne se sentait vraiment pas bien, l'homme s'était présenté de lui-même aux urgences. Malheureusement, il n'avait pas pu en franchir la porte puisqu'il était mort brutalement d'une crise cardiaque. Aucune remontée possible de ce côté-là et rien n'indiquait que c'était celui qu'il cherchait. C'est dans ce moment perturbé que le facteur lui apporta la demande de rançon. Lui qui voulait reprendre la main, il était obligé de constater qu'une fois de plus il subissait leur tempo. Quant au lieu où la lettre avait été postée, il n'allait pas pouvoir en tirer la moindre information puisque c'était à Valence, une plaque tournante pour toutes les destinations. La demande était simple :

« Deux millions de francs en lingots d'or à déposer lundi 10h00 au pied du phare de cap d'Arme, île de Porquerolles. Deux jours après, le fils sera rendu au même endroit, à la même heure. S'il vous vient l'idée de ne pas respecter le délai ou la somme, seule la tête du fils sera déposée. »

Aucun doute à avoir, ils avaient à faire à des professionnels. Le délai laissait juste le temps de réunir la somme et de la livrer à l'endroit prévu.

Fait étonnant… ils allaient venir chercher l'or en bateau, ce qui allait permettre à la marine de les suivre de loin et ainsi, une fois l'échange terminé, de connaître le point de départ de la recherche à mener.

Le père banquier n'eut aucun mal à réunir la somme et c'est le commissaire, aidé de deux de ses adjoints, qui la déposa au pied du phare. Ils n'attendirent pas et laissèrent la marine nationale surveiller de loin, de très loin, le déroulement de l'opération. Les malfrats vinrent bien en bateau, sinon que c'était une armada de six vedettes, les engins les plus rapides du moment. Une fois la rançon transbordée, impossible de savoir sur lequel d'entre eux elle se trouvait. Ils partirent chacun dans une direction différente et laissèrent le soin à la marine et ses deux bâtiments, beaucoup moins rapides qu'eux, de choisir qui suivre au lancer de dés. Au cours du trajet, comme la vedette ne cherchait pas à les distancer, le bâtiment de la marine crut bon de s'approcher de l'embarcation, afin de les observer à la jumelle et ainsi glaner quelques informations. Une volée de balles tirée par une mitrailleuse « Gardner » les dissuada de poursuivre cette idée. S'ils en doutaient encore, le professionnalisme de ces gens-là imposait fermement sa loi.

Tandis que les uns payaient, les autres dénichaient enfin le complice. Il s'agissait d'un fêtard qui ne faisait rien d'autre que de travailler un peu pour faire beaucoup la fête. Et là, avec la somme proposée, il allait pouvoir en faire des fêtes ! Et sans avoir à se fatiguer en travaillant. Il fut amené au commissariat et, histoire de lui clarifier les idées avant de l'interroger, il fut mis au trou. Lorsqu'il fut tiré de sa cellule et emmené, fers aux poignets, dans la salle d'interrogatoire, ils empruntèrent un couloir éclairé par deux fenêtres. Malheureusement pour lui, pour la police et la famille en pleurs, le détenu n'arriva jamais à destination… il fut stoppé net par une balle tirée de l'extérieur. Elle traversa une des vitres, poursuivit son chemin dans la tête du fêtard, d'une tempe à l'autre, et finit sa course dans le mur. Par la force des choses, cette piste fut, elle aussi, stoppée nette.

Les deux jours passés, à 10h00 précise, le commissaire se trouvait au pied du phare, mais seul le cri des mouettes lui tenait compagnie. Il attendit une bonne heure, mais personne ne vint. Lorsqu'il revint à Giens, un pêcheur l'attendait.

« Vous êtes le commissaire ?
- Oui...
- J'ai une lettre à vous donner de la part du fils du banquier. »

Il la lui tendit et avant que l'idée de partir lui traverse l'esprit, les adjoints du commissaire le menottaient et l'interrogeaient.

Le commissaire parcourut la lettre une première fois, puis il la relut avec plus d'attention. À quelques mètres de là, le pêcheur décrivait précisément celui qui lui avait demandé de faire cette commission contre une somme très rondelette. Lorsque les adjoints s'approchèrent du commissaire, il sut ce qu'ils allaient lui annoncer :

« C'est le fils qui a donné cette lettre au pêcheur, et il a fait en sorte qu'on le reconnaisse, sans erreur possible... n'est-ce pas ?
- Oui commissaire.
- Et c'est bien lui qui a écrit cette lettre, j'ai en référence quelques-uns de ses écrits. Je connais des parents qui vont l'avoir mauvaise ! »

En quelques phrases, il expliquait qu'il avait fait plus ample connaissance avec ses kidnappeurs et qu'il devait reconnaître que, non seulement ils n'étaient pas de mauvaises personnes, mais qu'ils essayaient de faire le mieux possible ce qu'ils considéraient être un travail. Aussi, après avoir eu le temps de la réflexion, il lui était apparu avec clarté que le métier de banquier n'était finalement pas si différent de celui d'escroc... à la différence près que les escrocs qu'il avait autour de lui ne cherchaient pas à cacher, derrière des mots compliqués que personne ne comprenait vraiment, ce qu'ils faisaient et, soyons honnêtes, qu'ils l'assumaient !

Ensuite, il terminait simplement en disant qu'il allait rester avec eux et poursuivre ses études avec à terme comme objectif d'améliorer encore leur organisation.

Quelques mois après la fin de cette affaire, la mère du futur escroc de haut vol tomba en dépression et son père vendit sa banque. Ils se retirèrent dans une petite maison qui ne payait pas de mine, à Giens. Chaque semaine, les : lundi, mercredi et vendredi, ils prenaient le bateau et se rendaient au pied du phare. Régulièrement, ils laissaient un petit mot coincé entre deux pierres, pour le cas où…

L'auteur

Régis VOLLE
Adresse mail : volle.regis@orange.fr

En résumé qui suis-je ?
Avant, la technique occupait pleinement mes longues journées. Écrire était un luxe qui m'était interdit... non, en vérité, que je m'interdisais. Pourtant, l'écriture me hantait, m'obsédait, me pourchassait.

Aujourd'hui, je peux enfin vivre ma passion, et pas une de mes secondes n'échappe à ce besoin. Toutefois, lorsque je sors de mon cocon, surpris qu'il existe un monde extérieur, j'éprouve un réel plaisir à le partager avec vous !

Ma bibliographie

Romans :
« **Le Dernier Combat de l'Homme** », saga de type *roman d'aventure* en 4 tomes.

*Tome 1 : « **Les rencontres** » : première parution en décembre 2016 avec les Éditions Beaurepaire ; réédition avec 7écrit Éditions en décembre 2017.

*Tome 2 : « **La Mygale** » : parution janvier 2018 avec 7écrit Éditions.

*Tome 3 : « **Sébastien'Cho** » : parution mars 2018 avec Sydney Laurent Éditions.

*Tome 4 : « **Le Temps** » : parution juillet 2018 avec Sydney Laurent Éditions.

« **Pourquoi la conquête de la Lune ?** », *roman sur fond historique*. Parution en novembre 2021 avec Sydney Laurent Éditions.

Était-ce pour seulement affirmer un besoin de suprématie technologique ou pour en satisfaire un autre, une évidente nécessité jamais avouée ? Seuls Marylin Monroe et JFK sont capables de répondre à cette question.

« **L'histoire des mondes** », *science-fiction*. Parution en juillet 2021 avec NomBre7 éditions.

Mondes parallèles, mondes gigognes... même les trous noirs ne sont pas ce que l'on croit.

Pamphlet :
« **Clarifications et autocritiques humaines** ».
Je me retourne sur le chemin parcouru et critique ce que j'y vois. Mais la critique sans propositions salvatrices n'a aucune valeur. Aussi, je vous invite à construire, ensemble, le futur de nos descendants. Parution novembre 2017 avec 7écrit Éditions.

Poèmes :
« **Ressentis** », *poèmes en prose, nouvelles et citations*. Parution novembre 2017, avec 7écrit Éditions.
« **Regards sur les choses de la vie** », *poèmes en vers et en prose*. Manuscrit de juin 2019.
« **Questions, réponses... sérieux ou pas !** », *poèmes en vers et en prose, chantefables*. Manuscrit de janvier 2021.

Collection « GRIMOIRES et MANUSCRITS » :
« **Contes et Légendes d'Ardèche** ». Autoédition 2022.
« **Légendes du Dauphiné et des Pays de Savoie** ». Autoédition 2022.
« **Ardèche, sombres histoires dont personne ne parle** ». Autoédition 2023
« **Nouvelles fables** ». Autoédition 2023.

Biographies :
Plusieurs de réalisées, mais vous n'aurez pas accès à ces informations… et inutile d'insister, car, malheureusement pour vous, je tiens toujours mes promesses !

PROCHAINEMENT :

Collection : « Questions existentielles » :
Essais :
« **Le libre-arbitre** » : Le libre arbitre, voilà un sujet qui depuis des temps immémoriaux perturbe et questionne l'être humain !

« **L'intelligence, la conscience** » : en cours d'écriture…

Romans :
« **Le Libre-arbitre** » : version romancée de l'essai du même titre.

Collection « GRIMOIRES et MANUSCRITS » :
« **Légendes rurales d'Auvergne – Tome 1** ». Prévision d'autoédition.
« **Légendes rurales d'Auvergne – Tome 2** ». Prévision d'autoédition.